《职业技能鉴定培训教程（化学检验工系列）》
编委会

主　　任　张永清

副 主 任　乔子荣　黄一石　袁　骃

委　　员　（按拼音排序）

曹承宇	陈宏愿	陈仪取	崔玉祥	丁敬敏
范东升	方　路	方俊天	冯　颖	冯彩英
何晓敏	黄一石	李宝城	李淑荣	李亚秋
刘　刚	刘东方	刘迺兰	楼少巍	乔子荣
孙叔宝	孙西平	王　萍	王鹏飞	王秀萍
徐　瑾	徐　科	闫锦平	杨　波	杨艳芳
应　英	袁　骃	张少军	张永清	赵慰慈
周国庆	周学庆	左银虎		

组织编写　化学工业职业技能鉴定指导中心

参编单位　上海化工研究院

　　　　　北京市化工学校

　　　　　常州工程职业技术学院

　　　　　内蒙古化工职业技术学院

　　　　　中国农药工业协会

　　　　　中国石油吉化集团公司

　　　　　中国石化燕山石化公司

　　　　　福建化工学校

　　　　　北京市炼焦化学厂

　　　　　上海焦化有限公司

　　　　　上海市涂料研究所

　　　　　北京市化工产品质量监督检验站

　　　　　国家农药质量监督检验中心

　　　　　河北省农药产品质量监督检验站

　　　　　浙江省化工产品质量监督检验站

　　　　　山西省化肥农药质量监督检验站

职业技能鉴定培训教程
化学检验工系列

化肥分析

刘　刚　主　编

商照聪　章明洪　周勇明　副主编

张永清　主　审

化学工业出版社

·北京·

化学检验工化肥分析培训和考核的重点在于实战分析技能和操作的技巧性。本书主要内容包括化肥分析中试剂溶液的配制、标准滴定溶液的配制和标定、实验室样品的制备、物性检测、化学分析、仪器分析、生化分析等；还对几种常见的化肥生产工艺作了简单介绍。

　　本书既可以作为化学检验工化肥分析技能培训教材和实用手册，又可作为化肥分析检验工作者的参考用书。

图书在版编目（CIP）数据

化肥分析/刘刚主编 . —北京：化学工业出版社，2008.6
职业技能鉴定培训教程 . 化学检验工系列
ISBN 978-7-122-03312-3

Ⅰ. 化…　Ⅱ. 刘…　Ⅲ. 化学肥料-分析-职业技能鉴定-教材　Ⅳ. TQ440.72

中国版本图书馆 CIP 数据核字（2008）第 102184 号

责任编辑：李玉晖　　　　　　　　文字编辑：朱　恺
责任校对：顾淑云　　　　　　　　装帧设计：于　兵

出版发行：化学工业出版社（北京市东城区青年湖南街 13 号　邮政编码 100011）
印　　装：北京市彩桥印刷有限公司
720mm×1000mm　1/16　印张 9¾　字数 172 千字　2008 年 9 月北京第 1 版第 1 次印刷

购书咨询：010-64518888（传真：010-64519686）　　售后服务：010-64518899
网　　址：http://www.cip.com.cn
凡购买本书，如有缺损质量问题，本社销售中心负责调换。

定　　价：25.00 元

分析工是化工行业技术工人的主要工种之一。分析工工作技术含量高，岗位责任重。分析检验结果的准确性和可靠性，直接影响到企业正常运行、产品质量、生产效益和环境安全。为推行国家职业资格证书制度，促进高技能人才快速成长，原劳动和社会保障部颁布了《国家职业标准·化学检验工》。按照《中华人民共和国职业分类大典》对化学检验工的定义，分析工等15个工种归入化学检验工。

根据国家职业标准的要求，结合行业技术工人培训和技能鉴定的实际情况，化学工业职业技能鉴定指导中心组织编写了《职业技能鉴定培训教程（化学检验工系列）》。本套教程经原劳动和社会保障部职业培训教材工作委员会备案，被原劳动和社会保障部培训就业司推荐为行业职业教育培训规划教材。教程与化学工业职业技能鉴定指导中心开发的技能鉴定试题库题库配套，可以满足石油化工、化肥、农药、医药、涂料、焦化、高分子等行业化学检验工学习、培训、考核的需求，促进相关工种职业技能鉴定工作的规范化开展。试题库包括理论知识试题库和技能操作试题库，已进入试运行阶段。

根据行业特点及基础知识的相关性，配合试题库的设计，本套培训教材分为基础知识和专业技能两大部分。

基础知识部分以分析方法为主线进行编写，基本知识、原理结合分析方法组织内容，包括《化学检验工 初级》《化学检验工 中级》《化学检验工 高级》《化学检验工 技师》和《化学检验工 高级技师》。各分册内容与化学检验工（分析工）理论知识鉴定题库的内容，为便于读者备考，这五个分册中收录了化学检验工职业技能鉴定题库鉴定细目表的部分内容，可供读者参考。

专业技能部分以化工行业的各专业和主要分析项目为主线，按照模块方式分等级编写，包括《无机化工分析》《有机化工分析》《石油化工分析》《溶剂试剂分析》《水质分析》《化肥分析》《农药分析》《催化剂分子筛分析》《药品分析》《涂料分析》《焦化分析》《微生物分析》《金属材料分析》《塑料分析与测试》《稀土分析》15个分册。这些分册依据《国家职业标准·化学检验工》对各等级操作技能水平的要求，对职业标准中未能涉及的专业按照行业的实际情况进行了扩展。教材中的每个项目内容包括：项目名称、分析对象；采用的方法和参照的标准；药品、仪器；操作步骤；注意事项及技巧；数据处理和允差；适用范围等。对部分分析项目给出了评分标准，既可以用于技能鉴定实际操作考试，也可以在日常工作中参考。

本册为《化肥分析》。本册内容由浅入深，分为初级、中级和高级三部分，根据化肥分析的特点和难易程度逐级展开。主要内容包括化肥分析中试剂溶液的配制、标准滴定溶液的配制和标定、实验室样品的制备、物性检测、化学分析、仪器分析、生化分析等，还对几种常见化肥的生产工艺作了简单的介绍。在编写过程中以思考题的形式对操作中的注意事项和容易产生误差的步骤进行了问答，注重了分析技术的实用性，突出了分析技术的技巧性。

本书第一部分由杨晓霞、张求真、张小沁编写，第二部分由章明洪、周勇明、范宾编写，第三部分由刘刚、商照聪、杨一编写。全书由刘刚主编，商照聪、章明洪、周勇明副主编，章明洪统稿，张永清主审。

由于编者水平有限，加之时间仓促，书中的不当之处在所难免，敬请专家、读者批评指正。

编　者
2008 年 3 月

目录

第一部分　初级

第二部分　中级

第三部分　高级

第一部分　初　级

1 检 验 准 备

1.1　试剂溶液的配制

（1）氢氧化钠溶液（450g/L）　称取450g氢氧化钠，溶解于水中，稀释至1L。

（2）硫酸溶液$\left[c\left(\frac{1}{2}H_2SO_4\right)=0.5mol/L\right]$　量取15.0mL硫酸慢慢注入盛有400mL水的烧杯中，混匀。冷却后转移入1L量瓶中，用水稀释至刻度，混匀。贮存于密闭的玻璃容器内。

（3）硝酸溶液（1+1）　量取1体积的水于烧杯中，再加入相同体积的硝酸，混匀。

（4）氨水溶液（2+3）　量取2体积的水于烧杯中，再加入3体积的氨水，混匀。

（5）喹钼柠酮试剂

溶液Ⅰ：溶解70g钼酸钠二水合物于150mL水中。

溶液Ⅱ：溶解60g柠檬酸一水合物于85mL硝酸和150mL水的混合液中，冷却。

溶液Ⅲ：在不断搅拌下，缓慢地将溶液Ⅰ加到溶液Ⅱ中。

溶液Ⅳ：溶解5mL喹啉于35mL硝酸和100mL水的混合液中。

溶液Ⅴ：缓慢地将溶液Ⅳ加到溶液Ⅲ中，混合后放置24h再过滤，滤液加入280mL丙酮，用水稀释至1L，混匀，贮存于聚乙烯瓶中。放于避光、避热处。

（6）碱性柠檬酸铵溶液　1L溶液中应含173g柠檬酸一水物和42g以氨形式存在的氮，相当于51g氨。

a. 配制：用单标线吸管吸取 10mL 氨水溶液，置于预先盛有 400～450mL 水的 500mL 量瓶中，用水稀释至刻度，混匀。

从 500mL 量瓶中用单标线吸管吸取 25mL 溶液两份，分别移入预先盛有 25mL 水的 250mL 锥形瓶中，加 2 滴甲基红指示液，用硫酸标准滴定溶液滴定到溶液呈红色。

b. 1L 氨水溶液中，以氮的质量百分数表示的氮含量（x_1）按式（1-1）计算：

$$x_1 = \frac{cV \times 0.01401 \times 1000}{10 \times \frac{25}{500}} = cV \times 28.02 \tag{1-1}$$

式中　c——硫酸标准滴定溶液的浓度，mol/L；

　　　V——测定时，消耗硫酸标准滴定溶液的体积，mL；

0.01401——与 1.00mL 硫酸标准滴定溶液 $\left[c\left(\frac{1}{2}H_2SO_4\right) = 1.000mol/L\right]$ 相当的

　　　　　以克表示的氮的质量。

所得结果应表示至一位小数。

c. 配制 V_1（L）碱性柠檬酸铵溶液所需氨水溶液的体积 [V_2（L）]，按式（1-2）计算：

$$V_2 = \frac{42 \times V_1}{X_1} = \frac{42 \times V_1}{cV \times 28.02} = \frac{1.5 \times V_1}{cV} \tag{1-2}$$

式中，c、V 同式（1-1）。

按式（1-2）计算的体积（V_2）量取氨水溶液，将其注入试剂瓶中，瓶上应划有欲配的碱性柠檬酸铵溶液体积的标线。仪器装置如图 1-1。

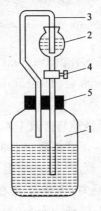

图 1-1

1—试剂瓶；2—分液漏斗；3—氨气通至漏斗中的管子；4—旋塞；5—瓶塞

根据配制每升碱性柠檬酸铵溶液需要 173g 柠檬酸一水合物，称取计算所需柠檬酸一水合物用量。再按每 173g 柠檬酸一水合物需用 200～250mL 水溶解的比例，配制成柠檬酸溶液。经分液漏斗将溶液慢慢注入盛有氨水溶液的试剂瓶中，同时瓶外用大量冷水冷却，然后加水至标线，混匀。静置两昼夜后使用。

　　(7) 柠檬酸溶液（20g/L） 将 20g 柠檬酸（$C_6H_8O_7 \cdot H_2O$）溶于水，并稀释至 1L，此溶液 pH 值约为 2.1。溶液中加入 0.5g 水杨酸防腐剂易于保存。

　　(8) 乙二胺四乙酸二钠（EDTA）溶液（37.5g/L） 称取 37.5g EDTA 于 1000mL 烧杯中，加入少量水溶解，用水稀释至 1000mL，混匀。

1.2　指示液的配制

　　(1) 甲基红-亚甲基蓝混合指示液 溶解 0.1g 甲基红于 50mL 乙醇中，再加入 0.05g 亚甲基蓝，溶解后用相同的乙醇稀释至 100mL。

　　(2) 甲基红指示液（2g/L） 称取 0.2g 甲基红溶解于 100mL 乙醇中。

1.3　缓冲溶液的配制

　　① 邻苯二甲酸氢钾标准缓冲溶液，在温度为 25℃时 pH=4.00。将邻苯二甲酸氢钾 pH 缓冲剂的塑料袋剪开，将粉末倒入 250mL 量瓶中，以少量无 CO_2 蒸馏水冲洗塑料袋内壁，并稀释至刻度后摇匀备用。

　　② 混合磷酸盐标准缓冲溶液，在温度为 25℃时 pH=6.86。将混合磷酸盐 pH 缓冲剂的塑料袋剪开，将粉末倒入 250mL 量瓶中，以少量无 CO_2 蒸馏水冲洗塑料袋内壁，并稀释至刻度后摇匀备用。

　　③ 四硼酸钠标准缓冲溶液：在温度为 25℃时 pH=9.18。将四硼酸钠 pH 缓冲剂的塑料袋剪开，将粉末倒入 250mL 量瓶中，以少量无 CO_2 蒸馏水冲洗塑料袋内壁，并稀释至刻度后摇匀备用。

4

2 化肥实验室样品的接收与制备

2.1 样品接收

实验室应将收到的样品进行登记，填写样品接收单。样品接收单的内容包括：样品名称、生产单位及联系方式、样品外观、包装情况、样品检验要求、接样日期、送样人签名、接样人签名。

2.2 样品制备

将接收到的样品通过缩分器或四分法分成两个相等部分，一份作为保留样，将另一份样品缩小至需要量，然后研磨至通过规定的筛孔，以获得均匀的、有代表性的、供分析用的实验室样品（通称试样）。

2.2.1 仪器

① 格槽缩分器：见图 2-1。
② 研磨器或研钵。
③ 试验筛：孔径为 0.5mm、1.00mm，带底盘和筛盖。
④ 搪瓷盘或铲子：其宽度应和格槽缩分器加料斗宽度相等。

2.2.2 格槽缩分器缩分

将两只接受器分别放在缩分器两侧接受样品的位置，将肥料样品平铺在搪瓷盘（或铲子）内，用两手置样品盘于缩分器加料斗上方，尽可能靠近中心并成正交位置，缓缓地将肥料加入，使其形成一层薄的物料流，颗粒肥料能垂直地、等量地落入所有的格槽中。注意，一定要使肥料连续加入，否则样品将落在某一接受器中，以致得不到等量的、均匀的、有代表性的样品。弃去一只接受器中样品，将另一接受器中样品返回缩分器缩分。重复此操作直至获得分析所需的样品量（包括物理分析和化学分析）。如需缩分的原始样品较少，则可将第一次缩分所得的两只样品分别重新缩分至需要的样品量。若原始样品量大于缩分器容量，则可将样品先分成若干等分，然后一份一份地按上述操作进行缩分，丢弃一只接

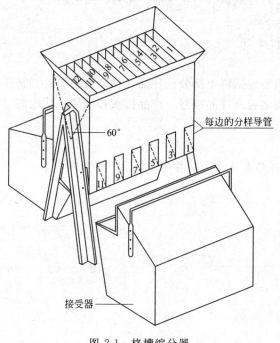

60°

每边的分样导管

接受器

图 2-1 格槽缩分器

受器中的样品，将另一只接受器中的样品混合再缩分。缩分操作应尽可能快，以免样品失水或吸湿。

2.2.3 四分法缩分

用铲子或油灰刀将肥料在清洁、干燥、光滑的表面上堆成一圆锥形，压平锥顶，沿互成直角的二直径方向将肥料样品分成四等份，移去并弃去对角部分，将留下部分混匀。重复操作直至获得所需的样品量。

将 2.2.2 或 2.2.3 缩分后混合均匀的样品装入两个密封容器中密封，贴上标签。一瓶做物理分析，一瓶经研磨后做化学分析。

2.2.4 样品研磨

将缩分样品用研磨器或研钵研磨至所有样品都通过 0.5mm 孔径筛（对于湿肥料可通过 1mm 孔径筛），研磨操作要迅速，以免在研磨过程中失水或吸湿，并要防止样品过热。对易吸湿样品应在干燥手套箱中进行。

为使样品均匀，可将全部研磨后样品放在可折卷的釉光纸片上或光滑油布片上，按不同方向慢慢滚动样品直到充分混匀为止。将样品放入密闭的广口容器

6

中，样品放入后，容器应留有一定空间，密封，贴上标签。

2.3 标签的填写

样品标签的内容包括以下部分：样品名称、检测项目、制样日期、制样人姓名、样品生产单位名称或样品编号、产品批量和批号，其他需要说明的项目等。

思考题

2-1 实验室样品在接收和制备时应注意哪些事项？

3 检测与测定

3.1 化学分析

3.1.1 氯化铵中氨态氮含量的测定——蒸馏后滴定法

（1）原理 氯化铵在碱性溶液中蒸馏出氨，用过量硫酸标准溶液吸收，在指示液存在下，用氢氧化钠标准滴定溶液回滴过量的硫酸。氯化铵中氨态氮含量的测定还可以使用甲醛法。

（2）采用的方法 GB 2946—92 《氯化铵》国家标准。

（3）仪器设备和试剂

① 氢氧化钠（GB 629）：450g/L 溶液。

② 硫酸（GB 625）：$c\left(\frac{1}{2}H_2SO_4\right)=0.5mol/L$，其浓度应小于氢氧化钠标准滴定溶液的浓度。

③ 氢氧化钠标准滴定溶液：$c(NaOH)=0.5mol/L$。

④ 甲基红—亚甲基蓝混合指示剂。

溶解 0.1g 甲基红（HG/T 3449）于 50mL 乙醇（GB/T679）中，再加入 0.05g 亚甲基蓝，溶解后，用相同的乙醇稀释至 100mL。

⑤ 蒸馏仪器：见图 3-1 或其他具有同样效率的蒸馏装置。

a. 蒸馏瓶（A）：1000mL，带 29 号内接标准磨口。

b. 防溅球管（B）：与蒸馏瓶连接的一端带有 29 号外接标准磨口，与冷凝器连接的一端带有 19 号外接标准磨口。

c. 滴液漏斗（C）：容量为 50mL。

d. 直式冷凝器（D）：有效长度为 400mm，进口为 19 号内接标准磨口，出口为 29 号外接标准磨口。

e. 吸收瓶（E）：500mL，瓶口为 29 号内接标准磨口连接双连球。

（4）实验操作步骤

① 试样溶液的制备

称取约 9g 试样，精确至 0.001g，置于烧杯中，用水溶解，转移至 500mL 容量瓶中，用水稀释至刻度，摇匀后备用。

职业技能鉴定培训教程

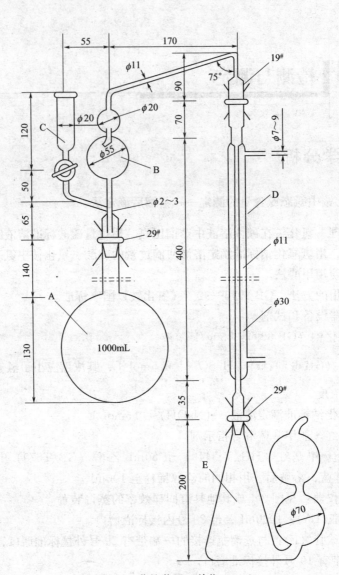

图 3-1 蒸馏装置（单位：mm）

② 空白试验

在测定期间应进行空白试验，除不加试样外，试剂用量和测定手续与测定试样时相同。取平行测定结果的算术平均值为空白试验值。

③ 蒸馏

用移液管移取 50.0mL 试样溶液于蒸馏瓶（A）中，加水约 350mL，再加入少量防爆沸石。用移液管移取 50.0mL 硫酸标准溶液于吸收瓶（E）中，加水约 80mL（以水封住双连球与瓶连接口为准）和 4～6 滴混合指示液。按图连接装置，在连接处涂以硅脂或其他不含氮的润滑油，并固定，确保蒸馏装置严密，不漏气，于冷凝器（D）中通入冷却水。

经滴液漏斗（C）往蒸馏瓶（A）中注入 30mL 氢氧化钠溶液，当漏斗（C）中流存 2mL 溶液时，关闭活塞。

加热蒸馏，直至吸收瓶（E）中收集约 250mL 馏出液（蒸馏时间约 45min）时停止加热。然后，打开漏斗（C）上活塞用水冲洗，拆下防溅球管（B），仔细冲洗冷凝管（D），并将洗涤液收集在吸收瓶（E）中，拆下吸收瓶（E）。

④ 滴定

仔细混合吸收瓶（E）和双连球中的溶液，用氢氧化钠标准滴定溶液回滴吸收瓶（E）中过量的硫酸，直至溶液呈灰色，即为终点。

（5）计算结果和数据处理

① 氯化铵含量 x_1，以氯化铵（NH_4Ci）的质量百分数表示，按式（3-1）计算：

$$x_1 = \frac{c(V_1 - V_2) \times 0.05349}{m(1 - x_3) \times \frac{50}{500}} \times 100 = \frac{c(V_1 - V_2)}{m(1 - x_3)} \times 53.49 \qquad (3\text{-}1)$$

式中　c——氢氧化钠标准滴定溶液的实际浓度，mol/L；

　　　V_1——空白试验消耗氢氧化钠标准滴定溶液的体积，mL；

　　　V_2——测定试样溶液消耗氢氧化钠标准滴定溶液的体积，mL；

　　　m——试样的质量，g；

　　　x_3——水的百分含量，%；

0.05349——与 1.00mL 氢氧化钠标准滴定溶液 [$c(NaOH) = 1.000mol/L$] 相当
　　　　　以克表示的氯化铵的质量。

所得结果应表示至两位小数。

② 氮含量 x_2，以氮（N）的质量百分数表示，按式（3-2）计算：

$$x_2 = \frac{c(V_1 - V_2) \times 0.01401}{m(1 - x_3) \times \frac{50}{500}} \times 100 = \frac{c(V_1 - V_2)}{m(1 - x_3)} \times 14.01 \qquad (3\text{-}2)$$

式中　c——氢氧化钠标准滴定溶液的实际浓度，mol/L；

　　　V_1——空白试验消耗氢氧化钠标准滴定溶液的体积，mL；

　　　V_2——测定试样溶液消耗氢氧化钠标准滴定溶液的体积，mL；

　　　m——试样的质量，g；

　　　x_3——水的百分含量；

0.01401——与 1.00mL 氢氧化钠标准滴定溶液 [$c(NaOH) = 1.000mol/L$] 相当
　　　　　以克表示的氮的质量。

所得结果应表示至两位小数。

(6) 允许差　取平行测定结果的算术平均值为测定结果。

平行测定结果的绝对差值，按氯化铵计不大于 0.20%；按氮计不大于 0.05%。

不同实验室测定结果的绝对差值，按氯化铵计不大于 0.30%；按氮计不大于 0.08%。

(7) 注意事项

① 蒸馏装置的各连接处都应涂抹硅脂，以保证装置严密不漏气。

② 在蒸馏过程中，应始终保持滴液漏斗用水液封。

③ 蒸馏结束前，必须先用 pH 试纸检验冷凝管出口液滴的酸碱性，直至 pH 值接近 7 才能停止蒸馏。

④ 滴定至终点时，应充分混合吸收瓶和双连球中的溶液。

⑤ 氢氧化钠标准滴定溶液应存放在塑料容器中。

⑥ 计算公式中，V_1、V_2 都是经过体积校正和温度校正后的数值。

⑦ 接触浓酸、浓碱时应戴防护手套。

3.1.2　硫酸铵中氨态氮含量的测定——蒸馏后滴定法

(1) 原理　硫酸铵在碱性溶液中蒸馏出的氨，用过量的硫酸标准滴定溶液吸收，在指示剂存在下，以氢氧化钠标准滴定溶液回滴过量的硫酸。

(2) 采用的方法　GB 535—1995《硫酸铵》国家标准，本方法等效采用 ISO 3332—75《工业用硫酸铵—氨态氮含量的测定—蒸馏后滴定法》。

(3) 仪器设备和试剂

① 氢氧化钠 (GB/T 629)，450g/L 溶液；

② 硫酸 (GB/T 625) 标准滴定溶液，$c\left(\frac{1}{2}H_2SO_4\right)=0.5\text{mol/L}$；

③ 氢氧化钠标准滴定溶液，$c(NaOH)=0.5\text{mol/L}$；

④ 甲基红-亚甲基蓝混合指示剂：

溶解 0.1g 甲基红 (HG/T 3449) 于 50mL 乙醇 (GB/T679) 中，再加入 0.05g 亚甲基蓝，溶解后，用相同的乙醇稀释至 100mL。

⑤ 硅脂或其他不含氮的润滑脂。

⑥ 蒸馏仪器。本方法使用的仪器如图 3-1 所示。

⑦ 防暴沸石或防暴沸装置，后者为一根长 100mm，直径 5mm 玻璃棒接上一根长 25mm 聚乙烯管。

(4) 实验操作步骤

① 试样溶液的制备。称取10g试样，精确至0.001g，溶于少量水中，转移

至 500mL 容量瓶中，用水稀释至刻度，混匀。

② 蒸馏。从容量瓶中吸取 50.0mL 试液于蒸馏瓶（A）中，加入约 350mL 水和几粒防暴沸石（或加装防暴沸装置：将聚乙烯管接触烧瓶底部）。

用单标线吸管加入 50mL 硫酸标准滴定溶液于吸收瓶（E）中，并加入 80mL 水和 5 滴混合指示剂溶液。

用硅脂涂抹仪器接口，按图 3-1 安装蒸馏仪器，并确保仪器所有部分密封。

通过滴液漏斗（C）往蒸馏瓶（A）中注入氢氧化钠溶液 20mL，注意滴液漏斗中至少留有几毫升溶液。

加热蒸馏，直至吸收瓶（E）中的收集量达到 250～300mL 时停止加热，打开滴液漏斗（C），拆下防溅球管（B），用水冲洗冷凝管（D），并将洗涤液收集在吸收瓶（E）中，拆下吸收瓶。

③ 滴定。将吸收瓶（E）中溶液混匀，用氢氧化钠标准滴定溶液回滴过量的硫酸标准滴定溶液，直至指示剂呈灰绿色为终点。

④ 空白试验。在测定的同时，除不加试样外，按上述完全相同的分析步骤、试剂和用量进行平行操作。

（5）分析结果的表述。氮（N）含量（x_1 以干基计），以质量百分数（%）表示，按式（3-3）计算：

$$x_1 = \frac{(V_2 - V_1)c \times 0.01401}{m \times \dfrac{50}{500} \times \dfrac{100 - x_{H_2O}}{100}} \times 100 = \frac{(V_2 - V_1)\,c}{m\,(100 - x_{H_2O})} \times 1401 \tag{3-3}$$

式中　V_1——测定时使用氢氧化钠标准滴定溶液的体积，mL；

　　　V_2——空白试验使用氢氧化钠标准滴定溶液的体积，mL；

　　　c——氢氧化钠标准滴定溶液实际浓度，mol/L；

　　　m——试样的质量，g；

　　x_{H_2O}——试样中水的百分含量，%；

　0.01401——与 1.00mL 氢氧化钠标准滴定溶液 [$c(NaOH) = 1.000mol/L$] 相当的以克表示的氮的质量。

（6）允许差

① 取平行测定结果的算术平均值为测定结果，平行测定的绝对差值不大于 0.06%。

② 不同实验室测定结果的绝对差值不大于 0.12%。

（7）注意事项

① 蒸馏装置的各连接处都应涂抹硅脂，以保证装置严密不漏气。

② 在蒸馏过程中，应始终保持滴液漏斗用水液封。

_____中氨态氮（N）含量测定原始记录　　　　No：_____

项目		单位	测定次数			
			1	2	3	4
检验日期			样品编号			
天平编号			滴定管编号			
室温		℃	相对湿度			%
称量瓶＋试样质量		g				
称量瓶质量		g				
试样质量		g				
氢氧化钠溶液	浓度（c）	mol/L				
	滴定管终读数	mL				
	滴定管初读数	mL				
	滴定管补正值	mL				
	溶液温度校正值	mL				
	实际消耗溶液体积	mL				
计算结果［氮(N)］		%				
平均值［氮(N)］		%				
绝对差值		%				
计算公式						
备注						
检验人			复核人			

③ 蒸馏结束前，必须先用 pH 试纸检验冷凝管出口液滴的酸碱性，直至 pH 值接近 7 才能停止蒸馏。

④ 滴定至终点时，应充分混合吸收瓶和双连球中的溶液。

⑤ 氢氧化钠标准滴定溶液应存放在塑料容器中。

⑥ 计算公式中，V_1、V_2 都是经过体积校正和温度校正后的数值。

3.1.3 碳酸氢铵中氨态氮含量的测定

（1）原理　碳酸氢铵与过量硫酸标准溶液作用，在指示液存在下，用氢氧化钠标准滴定溶液反滴定过量硫酸。

（2）采用的方法　GB 3559—2001《农业用碳酸氢铵》国家标准。

（3）仪器设备和试剂　试验室常用仪器和如下试剂。

① 硫酸（GB 625）标准溶液：$c\left(\dfrac{1}{2}H_2SO_4\right) = 1mol/L$。

② 氢氧化钠（GB 629）标准滴定溶液：$c(NaOH) = 1mol/L$。

③ 甲基红（HG3—958）-亚甲基蓝混合指示液。

（4）实验操作步骤

① 测定。在已知质量的干燥的带盖称量瓶中，迅速称取约 2g 试样，精确至 0.001g，然后立即用水将试样洗入已盛有 40.0mL 或 50.0mL 硫酸标准溶液的 250mL 锥形瓶中，摇匀使试样完全溶解，加热煮沸 3～5min，以驱除二氧化碳。冷却后，加 2～3 滴混合指示液，用氢氧化钠标准滴定溶液滴定至溶液呈现灰绿色即为终点。

② 空白试验。按上述步骤进行空白试验。除不加试样外，须与①采用完全相同的分析步骤、试剂和用量（氢氧化钠标准滴定溶液的用量除外）进行。

（5）分析结果的表述

氮（N）含量 x，以质量百分数（%）表示，按式（3-4）计算：

$$x = \frac{(V_1 - V_2)c \times 0.01401}{m} \times 100 = \frac{(V_1 - V_2)c}{m} \times 1.401 \quad (3\text{-}4)$$

式中　V_1——空白试验时用去氢氧化钠标准滴定溶液的体积，mL；

$\quad\quad V_2$——测定试样时用去氢氧化钠标准滴定溶液的体积，mL；

$\quad\quad c$——氢氧化钠标准滴定溶液的实际浓度，mol/L；

$\quad\quad m$——试样质量，g；

0.01401——与 1.00mL 氢氧化钠标准滴定溶液 $[c(NaOH) = 1.000mol/L]$ 相当的，以克表示的氮的质量。

（6）允许差　取平行测定结果的算术平均值为测定结果；平行测定结果的绝对差值不大于 0.10%；不同试验室测定结果的绝对差值不大于 0.15%。

（7）注意事项

① 试样的称量和转移要迅速，以避免碳酸氢铵的挥发损失。

② 氢氧化钠标准滴定溶液应存放在塑料容器中，本次实验中因氢氧化钠标准滴定溶液的浓度较高，滴定近终点时应特别小心，以免滴定过量。

③ 计算公式中，V_1、V_2 都是经过体积校正和温度校正后的数值。

3.1.4　过磷酸钙中有效磷含量的测定——磷钼酸喹啉重量法

（1）原理　用水、碱性柠檬酸铵溶液提取过磷酸钙中的有效磷，提取液中正磷酸根离子在酸性介质中与喹钼柠酮试剂生成黄色磷钼酸喹啉沉淀，经过滤、洗涤、干燥和称重所得沉淀，根据沉淀质量换算出五氧化二磷含量。过磷酸钙中有效磷含量的测定还可以使用磷钼酸喹啉容量法。

（2）采用的方法　HG 2740—95《过磷酸钙》化工行业标准，本方法等效采用国际标准 ISO 6598：1985。

（3）仪器设备和试剂　通常实验室用仪器和如下设备和试剂。

① 玻璃坩埚式滤器：4 号（滤片平均滤孔 5～15μm），容积为 30mL。

② 恒温干燥箱：能控制温度 180℃±2℃。

③ 恒温水浴：能控制温度 60℃±1℃。

④ 硝酸（GB/T 626）。

⑤ 硝酸（GB/T 626）溶液，1+1。

⑥ 喹钼柠酮试剂。

⑦ 碱性柠檬酸铵溶液。

⑧ 硫酸标准滴定溶液：$c\left(\dfrac{1}{2}H_2SO_4\right)=0.1\text{mol/L}$。

⑨ 甲基红（HG/T 3—958）指示液：2g/L。称取 0.2g 甲基红溶解于 100mL 60%（体积分数）乙醇溶液中。

（4）实验操作步骤

① 有效磷提取。称取 2～2.5g 试样（精确至 0.001g），置于 75mL 蒸发皿中，用玻璃研棒将试样研碎，加 25mL 水重新研磨，将上层清液倾注过滤于预先加入 5mL 硝酸溶液的 250mL 容量瓶中。继续用水研磨三次，每次用水 25mL，然后将水不溶物转移到滤纸上，并用水洗涤水不溶物至容量瓶中溶液体积为 200mL 左右为止，用水稀释至刻度，混匀。此为溶液 A。

将含水不溶物的滤纸转移到另一个 250mL 容量瓶中，加入 100mL 碱性柠檬酸铵溶液，盖上瓶塞，振荡到滤纸碎成纤维状态为止。将容量瓶置于 60℃±1℃ 恒温水浴中保持 1h。开始时每隔 5min 振荡量瓶一次，振荡三次后再每隔 15min 振荡一次，取出容量瓶，冷却至室温，用水稀释至刻度，混匀。用干燥的器皿和滤纸过滤，弃去最初几毫升滤液，所得滤液为溶液 B。

② 有效磷的测定。用单标线吸管分别吸取 10~20mL 溶液 A 和溶液 B（含 $P_2O_5 \leqslant 20mg$）放于 300mL 烧杯中，加入 10mL 硝酸溶液，用水稀释至 100mL 盖上表面皿，预热近沸，加入 35mL 喹钼柠酮试剂，微沸 1min 或置于 80℃ 左右水浴中保温至沉淀分层，冷却至室温，冷却过程中转动烧杯 3~4 次。

用预先在 180℃±2℃ 恒温干燥箱内干燥至恒重的 4 号玻璃坩埚式滤器抽滤，先将上层清液滤完，用倾泻法洗涤沉淀 1~2 次（每次约用水 25mL），然后将沉淀移入滤器中，再用水继续洗涤，所用水共 125~150mL，将带有沉淀的滤器置于 180℃±2℃ 恒温干燥箱内，待温度达到 180℃后干燥 45min，移入干燥器中冷却至室温，称重。

③ 空白试验。除不加试样外，按照上述相同的测定步骤，使用相同试剂、溶液、用量进行。

（5）计算结果和数据处理　以五氧化二磷（P_2O_5）的质量百分数（%）表示的有效磷含量（x_2）按式（3-5）计算：

$$x_2 = \frac{(m_1 - m_2) \times 0.03207}{m \times \dfrac{V}{500}} \times 100 \tag{3-5}$$

式中　m_1——磷钼酸喹啉沉淀质量，g；

m_2——空白试验所得磷钼酸喹啉沉淀质量，g；

m——试样质量，g；

V——吸取试液（溶液 A＋溶液 B）的总体积，mL；

0.03207——磷钼酸喹啉质量换算为五氧化二磷质量的系数。

（6）允许差

① 取平行测定结果的算术平均值作为测定结果。平行测定结果的绝对差值不大于 0.20%。

② 不同实验室测定结果的绝对差值不大于 0.30%。

（7）注意事项

① 有效磷提取时，转移含水不溶物的滤纸这一操作要等滤纸稍干后进行；第二次过滤是干过滤，也就是说，过滤所用的滤纸、漏斗等器皿都要求是干燥的。

② 测定磷的操作过程中加入 35mL 喹钼柠酮试剂，只能沉淀 25mg 五氧化二

_____中 P_2O_5 含量测定原始记录 　　　　No：_____

项 目	单位	测定次数			
		1	2	3	4
检验日期			样品编号		
天平编号			干燥箱编号		
室温		℃	相对湿度		%
称量瓶＋试样质量	g				
称量瓶质量	g				
试样质量	g				
玻璃坩埚＋沉淀质量	g				
玻璃坩埚恒重质量1	g				
玻璃坩埚恒重质量2	g				
玻璃坩埚恒重质量3	g				
沉淀质量	g				
计算结果 P_2O_5	%				
平均值 P_2O_5	%				
绝对差值	%				
计算公式					
备注					
检验人			复核人		

磷（P_2O_5），因此吸取提取液时，以五氧化二磷（P_2O_5）不超过 20mg 为宜。

③ 喹钼柠酮试剂能腐蚀玻璃，不能放在玻璃瓶中，以贮存在聚乙烯瓶中为宜，试剂应存放暗处。

④ 过滤黄色沉淀所用 4 号玻璃坩埚式滤器，用毕后应把沉淀用水冲掉，然后浸泡在 1+1 氨水中，待黄色沉淀全部溶解后，再用清水洗净。

3.1.5 钙镁磷肥中有效五氧化二磷含量的测定——磷钼酸喹啉重量法

(1) 原理 含磷溶液中的正磷酸根离子，在酸性介质中和喹钼柠酮试剂生成黄色磷钼酸喹啉沉淀，过滤、洗涤、干燥和称量所得沉淀。

(2) 采用的方法 HG 2557—94《钙镁磷肥》化工行业标准，本方法等效采用国际标准 ISO 6598：1985《肥料——磷含量测定——磷钼酸喹啉重量法》。

(3) 仪器设备和试剂 通常实验室用仪器和如下设备和试剂。

① 玻璃坩埚式滤器：4 号（滤片平均滤孔 5～15μm），容积为 30mL。

② 恒温干燥箱：能控制温度 180℃±2℃。

③ 35～40r/min 上下旋转式恒温振荡器或其他相同效果的水平往复式振荡器。

④ 恒温水浴：能控制温度 28～30℃。

⑤ 硝酸（GB/T 626）溶液，1+1。

⑥ 柠檬酸（GB/T 9855）溶液，20g/L，pH 值约为 2.1。此溶液中加入 0.5g 水杨酸防腐剂易于保存。

(4) 实验操作步骤

① 试样溶液的制备。称取 1g 试样（精确至 0.001g），置于干燥的 250mL 容量瓶中，加入 150mL 柠檬酸溶液，塞紧瓶塞，将容量瓶置于恒温水浴中，保持溶液温度在 28～30℃之间，并于振荡器上振荡 1h。取出容量瓶，冷却至室温，用水稀释至刻度，混匀。干过滤，弃去最初几毫升滤液，此为供磷含量测定用的试液。

② 测定。吸取一定量（含有 10～20mg 五氧化二磷）的试液于 500mL 烧杯中，加入 10mL 硝酸溶液，用水稀释至 100mL。预热近沸，加入 35mL 喹钼柠酮试剂，盖上表面皿，在电热板上微沸 1min 或者置于近沸水浴中保温至沉淀分层，取出烧杯冷却至室温，冷却过程转动烧杯 3～4 次。

用预先在 180℃±2℃干燥至恒重的 4 号玻璃坩埚式滤器过滤，先将上层清液滤完，然后用倾泻法洗涤沉淀 1～2 次（每次约用水 25mL），将沉淀移入滤器中，再用水继续洗涤，所用水共 125～150mL，将带有沉淀的滤器置于 180℃±2℃干燥箱内，待温度达到后干燥 45min，移入干燥器中冷却至室温，称重。

③ 空白试验。在测定的同时，除不加试样外，按上述完全相同的分析步骤、试剂和用量进行平行操作。

(5) 计算结果和数据处理　以五氧化二磷（P_2O_5）的质量百分数（%）表示的有效磷含量（x_1）按式（3-6）计算：

$$x_1 = \frac{(m_1 - m_2) \times 0.03207 \times 100}{m \times \dfrac{V}{250}} \qquad (3-6)$$

式中　m_1——磷钼酸喹啉沉淀质量，g；

　　　m_2——空白试验所得磷钼酸喹啉沉淀质量，g；

　　　m——试样质量，g；

　　　V——吸取试液的体积，mL；

　0.03207——磷钼酸喹啉质量换算为五氧化二磷质量的系数。

(6) 允许差

① 取平行测定结果的算术平均值作为测定结果。平行测定结果的绝对差值不大于 0.20%。

② 不同实验室测定结果的绝对差值不大于 0.30%。

(7) 注意事项

① 本实验的过滤是干过滤，也就是说，过滤所用的滤纸、漏斗等器皿都要求是干燥的。

② 测定磷的操作过程中加入 35mL 喹钼柠酮试剂，只能沉淀 25mg 五氧化二磷（P_2O_5），因此吸取提取液时，以五氧化二磷（P_2O_5）不超过 20mg 为宜。

③ 喹钼柠酮试剂能腐蚀玻璃，不能放在玻璃瓶中，以贮存在聚乙烯瓶中为宜，试剂应存放暗处。

④ 过滤黄色沉淀所用 4 号玻璃坩埚式滤器，用毕后应把沉淀用水冲掉，然后浸泡在 1+1 氨水中，待黄色沉淀全部溶解后，再用清水洗净。

3.1.6　过磷酸钙中水分的测定

(1) 原理　在一定的温度下，试样干燥 3h 后的失量为水分的含量。

(2) 采用的方法　HG 2740—95《过磷酸钙》化工行业标准。

(3) 仪器设备和试剂　通常实验室仪器和如下设备。

① 恒温烘箱：温度可控制在 100℃±2℃。

② 称量瓶：直径为 50mm，高为 30mm。

(4) 实验操作步骤　称取 10g 试样（精确至 0.01g），均匀散布于预先在

100℃±2℃下干燥的称量瓶中，置于恒温烘箱内，称量瓶应接近于温度计的水银球水平位置，干燥 3h 取出，放入干燥器中冷却 30min 后称量。

（5）计算结果和数据处理　以质量百分数表示的水分（H_2O）x 按式（3-7）计算：

$$x = \frac{m_0 - m_1}{m_0} \times 100 \tag{3-7}$$

式中　m_0——干燥前试样的质量，g；

m_1——干燥后试样的质量，g。

（6）允许差

① 取平行测定结果的算术平均值作为测定结果。平行测定结果的绝对差值不大于 0.2%。

② 不同实验室测定结果的绝对差值不大于 0.4%。

（7）注意事项

① 试样要均匀散布于称量瓶中，称量瓶应接近于温度计的水银球水平位置。

② 试样在烘干过程中，称量瓶的盖子要开启。

3.1.7　钙镁磷肥中水分的测定

（1）原理　在一定温度的电热恒温干燥箱内，试样在规定时间内干燥，减少的质量为水分。

（2）采用的方法　HG 2557—95《钙镁磷肥》化工行业标准。

（3）仪器设备和试剂　通常实验室仪器和如下设备

① 恒温烘箱：温度可控制在 130℃±2℃。

② 称量瓶：直径为 50mm，高为 30mm。

（4）实验操作步骤　称取 10g 钙镁磷肥（精确至 0.001g），置于预先在 130℃±2℃干燥至恒重的称量瓶中，将称量瓶盖子稍微打开。称量瓶置于干燥箱中应接近于温度计的水银球水平位置，待温度达到 130℃±2℃时干燥 20min 取出，将称量瓶盖盖上，在干燥器中冷却后称重。

（5）计算结果和数据处理　以质量百分数表示的水分（H_2O）x 按式（3-8）计算：

$$x = \frac{m_0 - m_1}{m_0} \times 100 \tag{3-8}$$

式中　m_0——干燥前试样的质量，g；

m_1——干燥后试样的质量，g。

（6）允许差

_____ 中水分含量测定原始记录   No： _____

项 目	单位	测定次数			
		1	2	3	4
检验日期		样品编号			
天平编号		仪编号			
室温	℃	相对湿度		%	
称量瓶＋试样质量	g				
称量瓶质量	g				
试样质量	g				
干燥后称量瓶＋沉淀质量	g				
称量瓶恒重质量1	g				
称量瓶恒重质量2	g				
称量瓶恒重质量3	g				
干燥后试样质量	g				
计算结果（H_2O）	%				
平均值	%				
绝对差值	%				
计算公式					
备注					
检验人		复核人			

① 取平行测定结果的算术平均值作为测定结果。平行测定结果的绝对差值不大于 0.03%。

② 不同实验室测定结果的绝对差值不大于 0.06%。

（7）注意事项

① 试样要均匀散布于称量瓶中，称量瓶应接近于温度计的水银球水平位置。

② 试样在烘干过程中，称量瓶的盖子要开启。

3.1.8 硫酸铵中水分含量的测定

（1）原理 在一定温度的电热恒温干燥箱内，将试样烘干至恒重，然后测定试样减少的质量。

（2）采用的方法 GB 535—1995《硫酸铵》国家标准。

（3）仪器设备和试剂 通常实验室仪器和如下设备。

① 带盖磨口称量瓶：直径为 50mm，高为 30mm。

② 电热恒温干燥箱：能维持温度 105℃±2℃。

（4）实验操作步骤 称取 5g 试样，精确至 0.0002g，置于预先在 105℃±2℃干燥至恒重的称量瓶中，将称量瓶盖子稍微打开，置称量瓶于干燥箱中接近于温度计的水银球水平位置上，在 105℃±2℃的温度中干燥 30min 后，取出称量瓶，盖上盖子，在干燥器中冷却至室温称重，重复操作，直至恒重。取最后一次测量值作为测定结果。

（5）计算结果和数据处理 以质量百分数（%）表示的水分（H_2O）x 按式 (3-9) 计算：

$$x = \frac{m_0 - m_1}{m_0} \times 100 \tag{3-9}$$

式中 m_0——干燥前试样的质量，g；

m_1——干燥后试样的质量，g。

（6）允许差 取平行测定结果的算术平均值作为测定结果，平行测定结果的绝对差值不大于 0.05%。

（7）注意事项

① 试样要均匀散布于称量瓶中，称量瓶应接近于温度计的水银球水平位置。

② 试样在烘干过程中，称量瓶的盖子要开启。

③ 本方法要求试样干燥至恒重，恒重是指前后两次的称量误差不大于 0.0003g。

思考题

3-1 采用蒸馏后滴定法测定化肥中氨态氮含量时应注意哪些事项？

3-2 氯化铵、硫酸铵中氨态氮含量的测定一般有哪几种方法？

3-3 碳酸氢铵中氮含量的测定采用什么方法？操作过程中应注意哪些事项？

3-4 有效磷测定时，对所吸取的溶液中含五氧化二磷的量有何要求？为什么？

3-5 述对过磷酸钙、钙镁磷肥进行有效磷含量测定时，所用的磷提取液有何不同之处？

3-6 测定五氧化二磷时所用的4号玻璃坩埚应如何清洗？

3-7 干燥法测水分时是否一定要干燥至恒重？

3.2 物性检测

3.2.1 尿素中粒度的测定

(1) 原理　用筛分法将尿素分成不同粒度，称量，计算质量分数。

(2) 采用的方法　GB 2440—2001《尿素及其测定方法》国家标准。

(3) 仪器设备和试剂

① 试验筛（GB/T 6003.1—1997 中 R40/3 系列）：附筛盖和底盘，孔径分别为 0.85mm、1.18mm、2.00mm、2.80mm、3.35mm、4.00mm、4.75mm和8.00mm。

② 感量0.5g的天平。

③ 振筛机：GS-86型，能垂直和水平振荡，振动频率为每分钟1400次左右。

(4) 实验操作步骤

① 根据被测物料，选取一套相应范围的筛子，其孔径相应为 0.85～2.80mm（或 1.18～3.35mm、2.00～4.75mm、4.00～8.00mm）。

② 筛子按孔径大小依次叠好（大在上，小在下），装上底盘，称量约100g实验室样品（精确到0.5g），将试料置于依次叠好的筛子上，盖好筛盖，将其置于振荡器上，夹紧，振荡3min，称量通过大孔径筛子而未通过小孔径筛子的试料，夹在筛孔中的颗粒按不通过计。

(5) 计算结果和数据处理　试样粒度（x）以质量分数（%）表示，按式(3-10)计算：

$$x = \frac{m_1 \times 100}{m} \tag{3-10}$$

式中　m_1——通过大孔径筛子而未通过小孔径筛子试料的质量，g；

　　　m——试料的质量，g。

检验日期			样品编号		
天平编号			筛孔尺寸		
室温		℃	相对湿度		%

项　目	单位	测定次数			
		1	2	3	4
称量瓶＋试样质量	g				
称量瓶质量	g				
试样质量	g				
称量瓶＋筛上物质量	g				
称量瓶质量	g				
筛上物质量	g				
计算结果、粒度（细度）	%				
粒度（细度）平均值	%				
绝对差值	%				
计算公式					
备注					
检验人			复核人		

所得的结果表示至一位小数。

（6）注意事项

① 尿素粒度只要符合上述任何一套筛子即可。

② 粒度测定不用做平行样。

3.2.2 复混肥料中粒度的测定

（1）原理 用一定规格试验筛，将实验室样品分成不同粒径的颗粒，称量，计算百分数。

（2）采用的方法 GB 15063—2001《复混肥料（复合肥料）》国家标准。

（3）仪器设备和试剂

① 试验筛（GB 6003.1R40/3 系列）：孔径为 1.00mm、4.75mm 或 3.35mm、5.60mm 的筛子，附盖和底盘；

② 天平：感量为 0.5g；

③ 振筛机：GS-86 型，能垂直和水平振荡，振动频率为每分钟 1400 次左右。

（4）实验操作步骤 根据产品颗粒的大小，将筛子按 1.00mm、4.75mm 或（3.35mm、5.60mm）依次叠好装上底盘，称取经格槽缩分器缩分的试样约 200g（精确至 0.5g），分别置于 4.75mm 或 5.60mm 筛子上，盖上筛盖，置于振筛机上，夹紧筛盖，振荡 5min，或进行人工筛分。称量 1.00～4.75mm 或 3.35～5.60mm 之间的试料（精确至 0.5g），夹在筛孔中的试料作不通过此筛处理。

（5）计算结果和数据处理 粒度 x 以 1.00～4.75mm 或 3.35～5.60mm 试料质量占整个试料质量的百分数（％）表示，按式（3-11）计算：

$$x = \frac{m_1 \times 100}{m} \tag{3-11}$$

式中 m_1——粒度为 1.00～4.75mm 或 3.35～5.60mm 之间的试料质量，g；

　　　m——试料的质量，g。

所得结果应表示至一位小数。

（6）注意事项

① 复混肥料粒度只要符合上述任何一套筛子即可。

② 粒度测定不用做平行样。

3.2.3 重过磷酸钙中粒度的测定

（1）原理 用筛分方法，将粒状重过磷酸钙分成不同粒度，称量并计算其百分数。

（2）采用的方法　HG 2219—91《粒状重过磷酸钙》国家标准

（3）仪器设备和试剂

① 试验筛：筛孔尺寸 1.0mm 和 4.0mm，附有筛盖和底盘，符合 GB 6003 中 R40/3 系列规定。

② 振筛机：GS-86 型，能垂直和水平振荡，振动频率为每分钟 1400 次左右。

（4）实验操作步骤　将附有筛盖和底盘的试验筛按筛孔尺寸依次叠好。称取缩分样品 200g（精确至 0.5g），置于 4.0mm 筛子上，盖好筛盖，置于振筛机上，夹紧，振动 5min。将未通过 4.0mm 筛孔的试样和底盘中的试样称量，夹在筛孔中的颗粒作不通过该筛孔部分计量。

注：如无振筛机，可用人工进行筛分操作。

（5）计算结果和数据处理　以质量百分数表示的粒度 1.0～4.0mm 粒状肥料含量 x，按式（3-12）计算：

$$x = \frac{m_0 - m_1}{m_0} \times 100 \tag{3-12}$$

式中　m_1——未通过 4.0mm 筛孔的试样和底盘中试样质量之和，g；

　　　m_0——试样质量，g。

所得结果应表示至一位小数。

（6）注意事项　粒度测定不用做平行样。

思考题

3-8　对尿素和复混肥料进行粒度测定时，检测方法上所提供的不同孔径的筛子应如何选择？

3.3　仪器分析

3.3.1　有机-无机复混肥料的 pH 值测定——酸度计法

（1）原理　试样经水溶解，用 pH 酸度计测定。

（2）采用方法　GB 18877—2002《有机-无机复混肥料》国家标准。

（3）仪器设备和试剂　通常实验室用仪器和以下设备和试剂。

① pH 酸度计：灵敏度为 0.01pH 单位。

② 邻苯二甲酸氢钾标准缓冲溶液：在温度为 25℃时 pH＝4.00。

26

_____中 pH 值测定原始记录　　　　No：_____

检验日期			样品编号		
天平编号			酸度计编号		
室温		℃	相对温度		%
项　目　＼　测定次数		1	2	3	4
酸度计读数					
平均值					
绝对差值					
计算公式					
备注					
检验人			复核人		

③ 混合磷酸盐标准缓冲溶液：在温度为25℃时 pH＝6.86。

④ 四硼酸钠标准缓冲溶液：在温度为25℃时 pH＝9.18。

（4）实验操作步骤　称取新鲜试样10.00g于100mL烧杯中，加50mL不含二氧化碳的水，搅动1min，静置30min，用 pH 酸度计测定。测定前，用标准缓冲溶液对酸度计进行校验。

（5）计算结果和数据处理　试样的酸碱度以 pH 值表示。取平行测定结果的算术平均值为测定结果。

（6）允许差　平行测定结果的绝对差值不大于0.1pH。

（7）注意事项

① 每次测定前都应对酸度计进行校验。

② 不含二氧化碳的水是指将蒸馏水煮沸，待冷却后使用。

③ 在调换试液进行测定前，应用蒸馏水冲洗电极，再用滤纸擦干。

④ 缓冲溶液最好保存在冰箱中，并定期更换。

3.3.2　叶面肥料的 pH 值测定

（1）原理　固体试样经1＋250水溶解，液体试样直接使用酸度计，直接测定叶面肥料的 pH 值。

（2）采用的方法　GB/T 17420—1998《微量元素叶面肥料》国家标准。

（3）仪器设备和试剂　通常实验室用仪器设备和试剂。

① pH 酸度计：灵敏度为0.01pH 单位。

② 邻苯二甲酸氢钾标准缓冲溶液：在温度为25℃时 pH＝4.00。

③ 混合磷酸盐标准缓冲溶液：在温度为25℃时 pH＝6.86。

④ 四硼酸钠标准缓冲溶液：在温度为25℃时 pH＝9.18。

（4）实验操作步骤

① 试样溶液的制备。称取固体试样2g，精确到0.001g，置于800mL烧杯中，加入500mL水溶解；液体试样直接作为试样溶液供测定。

② 酸度计的校正。按酸度计使用说明书，用缓冲溶液校正酸度计。

③ 试样溶液 pH 值的测定。将酸度计插入试样溶液中，在与校正时相同的条件下进行测量。

（5）计算结果和数据处理　试样溶液的 pH 值，以 pH 表示。

（6）注意事项

① 每次测定前都应对酸度计进行校验。

② 在调换试液进行测定前，应用蒸馏水冲洗电极，再用滤纸擦干。

③ 缓冲溶液最好保存在冰箱中，并定期更换。

思考题

3-9 对有机-无机复混肥料进行 pH 值测定时，为什么要使用不含二氧化碳的水？

3-10 常用玻璃仪器在使用和管理中应注意哪些事项？

思考题答案

2-1 接收样品时，应注意观察样品的外观和包装情况，即时填写样品接收单，着重注意样品的检测要求。

样品制备时，环境湿度应不大于 70%，在缩分过程中要将样品充分混匀后再缩分，不能将大颗粒或粉状物丢去；研磨过程中要将样品全部磨细过筛；总之，所制备的样品应该是均匀并有代表性的。另外，盛装样品的容器应干燥、洁净。最后填写好标签贴在样品瓶上，标签上应注明样品名称、样品等级或养分含量、检测项目、制样日期等内容。

3-1 蒸馏前应检查各连接接头是否密封，蒸馏装置的各连接处都应涂抹硅脂，并用夹子或橡皮筋固定，以保证装置严密不漏气。在使用双球吸收瓶时，应注意吸收液的体积能达到液封。蒸馏瓶中宜多加些防暴沸石或采用防暴沸装置，以阻止溶液的暴沸。为保证蒸馏完全，溜出液一般应达到 150mL 左右，蒸馏结束前，必须先用 pH 试纸检验冷凝管出口液滴的酸碱性，直至 pH 值接近 7 才能停止蒸馏。当滴定至终点时，应充分混合吸收瓶和双连球中的溶液，以避免滴定过量。

3-2 氯化铵、硫酸铵中氨态氮含量的测定一般有蒸馏后滴定法和甲醛法两种，其中蒸馏后滴定法为仲裁法。甲醛法的原理是在铵盐溶液中，加入甲醛与它发生缩合反应，生成六亚甲基四胺并且游离出原来与 NH_4^+ 化合物酸根，用氢氧化钠标准滴定溶液滴定所生成的酸，计算氮的含量。蒸馏后滴定法的原理是从碱性溶液中蒸馏氨，并吸收在过量硫酸标准溶液中，以甲基红或甲基红-亚甲基蓝为指示剂，用氢氧化钠标准滴定溶液返滴定过量的硫酸。

3-3 碳酸氢铵中氮含量的测定是将碳酸氢铵与过量硫酸标准溶液作用，在指示液存在下，用氢氧化钠标准滴定溶液反滴定过量硫酸。碳酸氢铵较容易挥发，故试样的称量和转移要迅速，以避免碳酸氢铵的挥发损失。因氢氧化钠标准滴定溶液的浓度较高，滴定近终点时应特别小心，以免滴定过量。

3-4 有效磷测定时，对所吸取的溶液中含五氧化二磷的量是这样规定的，所吸溶液中含五氧化二磷的量在 10～20mg 之间，因为测定磷的操作过程中加入 35mL 喹钼柠酮试剂，只能沉淀 25mg 五氧化二磷（P_2O_5），因此吸取提取液时，以五氧化二磷（P_2O_5）不超过 20mg 为宜。

3-5　在对过磷酸钙、钙镁磷肥进行有效磷含量测定时，所用的磷提取液是不相同的。过磷酸钙所用的磷提取液是碱性柠檬酸铵溶液，钙镁磷肥所用的磷提取液是 2% 的柠檬酸溶液。

3-6　过滤黄色沉淀所用 4 号玻璃坩埚式滤器，用毕后应把沉淀用水冲掉，然后浸泡在 1＋1 氨水中，待黄色沉淀全部溶解后，再用清水洗净。

3-7　采用干燥法测定肥料中的水分含量时不一定都要干燥至恒重，测定硫酸铵中水分含量时需要干燥至恒重，而对过磷酸钙和钙镁磷肥水分测定时就不需要干燥至恒重，只需按方法要求干燥一定时间即可。

3-8　在对复混肥料和尿素进行粒度测定时，复混肥料检测方法中提供了两套不同孔径的筛子，而在尿素的检测方法中提供了四套不同孔径的筛子。在测定时要根据肥料颗粒的大小来选择一套相应孔径范围的筛子，这样才能使所测结果为最大值。

3-9　对有机-无机复混肥料进行 pH 值测定时，要使用不含二氧化碳的水，因为含二氧化碳的水呈酸性，影响 pH 值的测定结果。不含二氧化碳的水是指将蒸馏水加热煮沸，赶走所含的二氧化碳，再冷却至室温后就可使用。

3-10　常用玻璃仪器在使用和管理中应注意：

① 玻璃仪器在使用前应用水、清洁剂或洗液清洗干净，做到器皿内壁不挂水珠。

② 根据试验要求，可对玻璃仪器进行晾干、烘干处理；但吸管、量瓶和量筒等有刻度的器皿不可以在烘箱里烘干，使用后洗净即可。

③ 仪器使用完后，要及时洗涤干净，放回原处。

④ 仪器应按种类、规格顺序存放，并尽可能倒置。

⑤ 滴定管用完洗净后，可装满蒸馏水，管口盖一个塑料帽，夹在滴定夹上，也可倒置。

⑥ 吸量管可在洗净后，用滤纸包住两端，置于吸管架上。

⑦ 磨口仪器，如量瓶、分液漏斗等，使用前应用小绳将塞子拴好，以免相互弄混。暂时不使用时，磨口处要垫一纸条，用皮筋拴好塞子保存。

⑧ 成套的专用仪器，如定氮仪等，用完后要及时洗涤干净，存放于专用的包装箱中。

职业技能鉴定培训教程

第二部分　中　级

1 检验准备

1.1　标准滴定溶液的配制和标定

1.1.1　引用标准

HG/T 2843—1997《化学产品 化学分析常用标准滴定溶液、标准溶液、试剂溶液和指示剂溶液》。

1.1.2　一般规定

① 本标准滴定溶液配制和标定所用试剂，在没有注明其他要求时，均指分析纯试剂；所使用水的 pH 值范围和电导率应符合 GB/T 6682 中三级水规格。

② 制备标准滴定溶液时所用的试剂为分析纯以及以上试剂；标定标准滴定溶液时所用的基准试剂为容量分析工作基准试剂。

③ 称量工作基准试剂称准至 0.0001g。当称取大于等于 0.5g 工作基准试剂时，用万分之一天平，而称取小于 0.5g 工作基准试剂时，最好改用十万分之一天平，以减小由此引起的误差。

④ 工作中所用滴定管、量瓶、单标线吸管、分度吸管均应符合 JJG 196 要求。

⑤ 本标准滴定溶液配制和标定中所用乙醇均指 95%（体积分数）乙醇。

⑥ 标准滴定溶液浓度应全部换算为 20℃时的浓度。因此，在标定标准滴定溶液时，应进行滴定管体积校正和溶液温度校正，不同标准溶液浓度的温度补正值（表1-1）。

⑦ 标准滴定溶液的浓度值取四位有效数字。但当浓度小于 0.1mol/L 或 1.0mol/L 时，可取三位有效数字。例如：$c(\text{NaOH}) = 0.0987\text{mol/L}$，$c\left(\frac{1}{2}\text{H}_2\text{SO}_4\right) = 0.950\text{mol/L}$。

1.1.3　配制实例

1.1.3.1　氢氧化钠标准滴定溶液

(1) 饱和氢氧化钠溶液配制　溶解 162g 氢氧化钠在 150mL 无二氧化碳水❶中，冷却至室温。通过合格的介质（例如：玻璃毛）过滤，清液贮存于密闭的聚乙烯容器内；或溶液贮存于密闭的聚乙烯容器，放置至上层溶液清澈（放置时间 1 周），使用时吸取清液。

(2) 各浓度氢氧化钠标准滴定溶液的配制　按表 1-1 所示，量取氢氧化钠饱和溶液清液，用无二氧化碳的水稀释至 1L，混匀，贮存在带有碱石灰干燥管的密闭的聚乙烯瓶中，防止吸入空气中的二氧化碳。

表 1-1　各浓度氢氧化钠标准滴定溶液的配制

氢氧化钠标准滴定溶液浓度 /(mol/L)	1L 溶液所需 NaOH /g	配制 1L 溶液所需饱和氢氧化钠溶液体积 /mL
0.05	2.0	2.7
0.1	4.0	5.4
0.2	8.0	10.9
0.5	20.0	27.2
1.0	40.0	54.5

(3) 标定

① 用玛瑙研钵将 10～20g 基准邻苯二甲酸氢钾（$\text{KHC}_8\text{H}_4\text{O}_4$）研碎至粉状，置 120℃干燥箱内干燥 2h，在干燥器内冷却。

② 酚酞指示液（10g/L）。称取 1.0g 酚酞，溶于乙醇，用乙醇稀释至 100mL。

③ 标定氢氧化钠溶液，按表 1-2 所示，准确称取干燥过的邻苯二甲酸氢钾，置于 250mL 锥形瓶中，加 100mL 无二氧化碳的水溶解，加入 3 滴酚酞指示液，

❶ 不含二氧化碳的水配制

方法一：将蒸馏水注入烧瓶中（水量不超过烧瓶体积的 2/3），煮沸 10min，放置冷却，用装有碱石灰干燥管的橡皮塞塞紧。

方法二：制备 10～20L 较大体积的不含二氧化碳的水，可插一玻璃管到容器底部，通氮气到蒸馏水中 1～2h，以除去被水吸收的二氧化碳。

用氢氧化钠溶液滴定溶液呈浅红色为终点。

表 1-2　标定所需邻苯二甲酸氢钾质量

氢氧化钠标准滴定溶液浓度/(mol/L)	邻苯二甲酸氢钾质量/g
0.05	0.47 ± 0.005
0.1	0.95 ± 0.05
0.2	1.90 ± 0.05
0.5	4.75 ± 0.05
1.0	9.00 ± 0.05

（4）计算　氢氧化钠标准滴定溶液浓度按式（1-1）计算：

$$c(NaOH) = \frac{m}{0.2042V} \tag{1-1}$$

式中　$c(NaOH)$——氢氧化钠标准滴定溶液之物质的量浓度，mol/L；

　　　　m——称取邻苯二甲酸氢钾质量，g；

　　　　V——滴定用去氢氧化钠溶液实际体积，mL；

　　　　0.2042——与 1.00mL 氢氧化钠标准滴定溶液 $[c(NaOH)=1.000mol/L]$
　　　　相当的以克表示的邻苯二甲酸氢钾的质量。

（5）精密度　作 5 次平行测定。取平行测定的算术平均值为测定结果；5 次平行测定的极差，应小于表 1-3 规定的容许差 r。

表 1-3　氢氧化钠标准滴定溶液标定的容许差（r）

m/(mol/L)	0.05	0.1	0.2	0.5	1.0
r/(mol/L)	0.000200	0.00030	0.00040	0.00100	0.0020

（6）稳定性　氢氧化钠标准滴定溶液推荐使用聚乙烯容器贮存，若使用玻璃容器，当怀疑溶液与玻璃容器发生反应或溶液出现不溶物时，必须时常标定溶液。

（7）注意事项

① 固体氢氧化钠容易吸收空气中二氧化碳和水分形成碳酸钠，很难确认其准确含量，不宜直接配制成待标定的氢氧化钠溶液。因此，先配制成氢氧化钠饱和溶液，放置 1 周后，以除去碳酸钠杂质，再吸取清液配制成待标的氢氧化钠溶液。

② 为了使氢氧化钠饱和溶液贮存过程中不易在瓶盖或溶液底部形成固体碳酸钠。应用不含二氧化碳水溶解氢氧化钠配制，制成溶液浓度约 27mol/L，贮存在聚乙烯瓶中。

③ 标定好的氢氧化钠标准滴定溶液应贮存在带有钠石灰干燥管的密闭聚乙

烯瓶中，防止吸入空气中的二氧化碳和水汽。

1.1.3.2 硫酸标准滴定溶液

（1）各浓度硫酸标准滴定溶液的配制　按表1-4所示，量取硫酸慢慢注入600mL烧杯内的400mL水中，混匀。冷却后转移入1L容量瓶中，用水稀释至刻度，混匀。贮存于密闭的玻璃容器内。

表1-4　各浓度硫酸标准滴定溶液的配制

硫酸标准滴定溶液浓度/(mol/L)	配制1L硫酸溶液所需硫酸体积/mL
0.05	1.5
0.1	3.0
0.2	6.0
0.5	15.0
1.0	30.0

（2）标定

① 甲基红指示液（1g/L）。称取0.10g甲基红，溶于乙醇，用乙醇稀释至100mL。

② 按表1-5所示，准确称量已在250℃干燥过4h的基准无水碳酸钠置于250mL锥形瓶中，加50mL水溶解，再加2滴甲基红指示液，用硫酸溶液滴定至红色刚出现，小心煮沸溶液至红色褪去，冷却至室温，煮沸、冷却、直至刚出现的微红色在再加热时不褪色为止。

表1-5　标定所需无水碳酸钠质量

硫酸标准滴定溶液浓度/(mol/L)	无水碳酸钠质量/g
0.05	0.11±0.001
0.1	0.22±0.01
0.2	0.44±0.01
0.5	1.10±0.01
1.0	2.20±0.01

（3）计算　硫酸标准滴定溶液浓度按式（1-2）计算：

$$c\left(\frac{1}{2}H_2SO_4\right)=\frac{m}{0.05299\times V} \tag{1-2}$$

式中　$c\left(\frac{1}{2}H_2SO_4\right)$——硫酸标准滴定溶液之物质的量浓度，mol/L；

　　　m——称取无水碳酸钠质量，g；

　　　V——滴定用去硫酸标准溶液实际体积，mL；

0.05299——与 1.00mL 硫酸标准滴定溶液 $\left[c\left(\dfrac{1}{2}H_2SO_4\right)=\right.$

$\left.1.000mol/L\right]$ 相当的以克表示的无水碳酸钠的质量。

（4）精密度 作 5 次平行测定，取平行测定的算术平均值为测定结果；5 次平行测定的极差，应小于表 1-6 规定的容许差 r。

表 1-6 硫酸标准滴定溶液标定的容许差（r）

$m/(mol/L)$	0.05	0.1	0.2	0.5	1.0
$r/(mol/L)$	0.000200	0.00030	0.00040	0.00100	0.0020

（5）稳定性 硫酸标准滴定溶液每月重新标定一次。

（6）注意事项

① 基准无水碳酸钠易吸潮，在标定之前要在 250℃干燥 4h 后使用，碳酸钠干燥温度温度不能高于 300℃，否则有可能转化为氧化钠（Na_2O）。

② 标定酸的化学反应式为：

$$Na_2CO_3 + H_2SO_4 \longrightarrow H_2CO_3 + Na_2SO_4$$
$$\downarrow \triangle$$
$$\longrightarrow CO_2\uparrow + H_2O$$

从此反应式可以看出，反应生成碳酸，在溶液中有饱和碳酸存在时，可使终点提前到达，且指示剂色泽的变化不明显，因此，必须在刚到终点时煮沸，以除去二氧化碳，冷却后，再继续滴定，煮沸，冷却，直至指示剂出现的微红色在再加热时不褪色为止。

③ 配制硫酸溶液时，应量取浓硫酸慢慢注入水中混匀，绝不能把水注入硫酸中，以免溶液溅出灼伤。

1.1.3.3 乙二胺四乙酸二钠（EDTA）标准滴定溶液

（1）各浓度 EDTA 标准滴定溶液的配制 按表 1-7 所示，称取乙二胺四乙酸二钠二水合物（$C_{10}H_{14}N_2O_8Na_2\cdot 2H_2O$）溶于足够量的水中，稀释至 1L，贮存在聚乙烯容器内。

表 1-7 各浓度 EDTA 标准滴定溶液的配制

EDTA 标准滴定溶液浓度/(mol/L)	配制 1L EDTA 溶液所需 EDTA 质量/g
0.01	3.72
0.02	7.44
0.05	18.60
0.10	37.20
0.15	55.80

（2）氧化锌基准溶液　按表1-8所示，称取已于800℃灼烧1h的基准氧化锌置于100mL烧杯中，用少量水湿润，滴加盐酸溶液（1+1）至氧化锌溶解，移入250mL量瓶中，稀释至刻度，混匀。

表1-8　标定所需氧化锌质量

EDTA标准滴定溶液浓度/（mol/L）	氧化锌质量/g
0.01	0.25
0.02	0.50
0.05	1.25
0.10	2.50
0.15	3.75

（3）标定

① 氨-氯化铵缓冲溶液（pH≈10）[1]

② 铬黑T指示液（5g/L）。称取0.50g铬黑T和4.5g氯化羟胺，溶于乙醇中，用乙醇稀释至100mL，贮存于棕色瓶中，可保持数月不变质。

③ 标定时，用单标线吸管吸取25mL氧化锌基准溶液于250mL锥形瓶中，加75mL水，用氨水（1+1）中和至溶液pH7~8（溶液出现微浑浊），加10mL氨-氯化铵缓冲溶液，5滴铬黑T指示液，用EDTA溶液滴定至溶液由紫红色变成纯蓝色为终点。

（4）计算　乙二胺四乙酸二钠标准滴定溶液浓度按式（1-3）计算：

$$c(\text{EDTA}) = \frac{m}{0.08138 \times V} \tag{1-3}$$

式中　$c(\text{EDTA})$——乙二胺四乙酸二钠标准滴定溶液之物质的量浓度，mol/L；

m——25.0mL氧化锌基准溶液中所含氧化锌的质量，g；

V——滴定用去乙二胺四乙酸二钠溶液的实际体积，mL；

0.08138——与1.00mL乙二胺四乙酸二钠标准滴定溶液 $[c(\text{EDTA}) = 1.000\text{mol/L}]$ 相当的以克表示的氧化锌的质量。

（5）精密度　作5次平行测定，取平行测定的算术平均值为测定结果；5次平行测定的极差，应小于表1-9规定的容许差r。

表1-9　EDTA标准滴定溶液标定的容许差（r）

m/（mol/L）	0.01	0.02	0.05	0.1	0.15
r/（mol/L）	0.000030	0.000060	0.00100	0.00020	0.00030

[1] 氨-氯化铵缓冲溶液（pH≈10）配制

方法一：称取54g氯化铵溶于水，加350mL氨水，稀释至1L。

方法二：称取26.7g氯化铵溶于水，加36mL氨水，稀释至1L。

(6) 稳定性　乙二胺四乙酸二钠标准滴定溶液每月重新标定一次。

(7) 注意事项

① EDTA 标准滴定溶液贮存于聚乙烯瓶中，不能贮存于软质玻璃瓶内，否则贮存过程中有可能要溶解析出玻璃中的钙等，大大降低溶液的效能。

② EDTA 溶液标定，在溶液 pH 值保持为 10 的环境下进行，由于锌是两性的，所以在用氨水中和溶液过程中会使溶液出现浑浊。生成白色氢氧化锌沉淀，加入氨-氯化铵缓冲溶液，当达到弱碱性时，沉淀又复溶。

③ 铬黑 T 指示剂的缺点是其水溶液不稳定，易发生聚合作用，且易被氧化（特别是在碱性条件下更严重），因此，配制时用乙醇作溶剂，并加一些氯化羟胺，可防止氧化。指示液贮存在棕色瓶内，避光。

1.2　检测仪器的自检

为了保证检测结果的准确性和可靠性，检测仪器必须在投入使用前进行检验。

1.2.1　KF-1 型水分测定仪的检验

(1) 检验项目

① 以水为标准样，测定卡尔·费休试剂对水的滴定度。

② 对比试验。

(2) 检验

① 对水的滴定度测定。取 0.01g 纯水作卡尔·费休试剂的平行性测定，判定其平行性。

例1：0.01g 纯水消耗卡尔·费休试剂分别为 5.85mL、5.83mL；

则平行测定的水的滴定度分别为 $\dfrac{10}{5.85}=1.71$，$\dfrac{10}{5.83}=1.72$；

水的滴定度平均值为 1.72，相对误差 $=\dfrac{1.72-1.71}{1.72}\times100\%=0.58\%$

参考仪器技术指标或相关标准进行判定。

② 比对试验。取同一个样品，按相关标准，分别用 KF-1 型水分测定仪及另一台卡尔费休水分仪（也可以用不同型号）进行水分测定，比较两台仪器的测定结果。

例2：KF-1 型水分测定仪与 701KF 型水分仪比较，水分测定结果如下。

本台仪器水分测定结果分别 0.44%、0.43%，平均值 0.44%。

标定日期		年　月　日	准考证编号		
被标溶液名称			浓度		
基准物名称			基准物烘焙温度		℃
基准物烘焙时间		h	检验依据		
天平编号			滴定管编号		
被标溶液温度	℃	室温	℃	相对湿度	%

项目	单位	测量次数				
		1	2	3	4	5
称量瓶＋基准物质量	g					
称量瓶质量	g					
基准物质量	g					
滴定管末读数	mL					
滴定管初读数	mL					
滴定管补正值	mL					
溶液温度校正值	mL					
实际消耗溶液体积(V)	mL					
计算结果	mol/L					
平均值	mol/L					

极差评定：

计　算　公　式	$c($　　$)=$ ————
备注	
检验人		复核人	

另一台卡尔·费休水分仪（701KF 型水分仪）水分测定结果见下列打印数据：

```
date      2005-08-18        time      16：05：04
smple   size        2.0601g
KFR   volume      4.818mL
water               0.47％
            ========
date      2005-08-18        time      16：16：49
smple   size        2.1763g
KFR   volume      4.890mL
Water               0.45％
mean（2）            0.46％
＋/-s                0.014％
s（rel）             3.04％
```

两台仪器测定结果绝对差值为 0.02％，参考仪器技术指标或相关标准进行判定。

（3）结论　通过以上检验，作出该仪器符合要求或不符合要求的综合结论。

1.2.2　KQ-1 型颗粒强度测定仪的检验

（1）检验项目

① 校准。

② 对比试验。

（2）检验

① 校准。根据仪器准确度要求进行校准，在样品盘上放入二等标准砝码（二等标准砝码必须通过计量检定合格，并在有效期内），看红针是否正确指示刻度值。可根据不同仪器测量量程加入不同砝码，不得过载，以免损伤弹性元件。指示值与砝码值相对误差在允许范围内，可视作为仪器运行正常。如有偏差，可调节弹簧工作长度（旋转弹簧即可），使其指示正确的刻度值。

② 对比试验。

例3：取同一个样品，分别用两台仪器进行颗粒强度测定，比较测定结果如下。

二仪器测定结果绝对误差为 0.5N，参考仪器技术指标或相关标准进行判定。

（3）结论　通过以上检验，作出该仪器符合要求或不符合要求的综合结论。

表 1-10　两台 KQ-1 型强度测定仪检验结果对比

1* KQ-1 型颗粒强度测定仪				2 * KQ-1 型颗粒强度测定仪			
序号	强度(N)	序号	强度(N)	序号	强度(N)	序号	强度(N)
1	23.7	16	19.5	1	22.4	16	24.4
2	21.1	17	17.2	2	22.0	17	23.0
3	27.1	18	18.4	3	16.4	18	21.4
4	18.3	19	27.8	4	17.2	19	24.5
5	23.8	20	22.0	5	23.2	20	19.8
6	23.2	21	16.6	6	17.3	21	26.3
7	21.1	22	19.8	7	16.4	22	25.2
8	21.8	23	24.0	8	23.4	23	22.9
9	21.7	24	12.8	9	17.2	24	23.3
10	17.4	25	20.8	10	18.4	25	24.6
11	19.0	26	20.7	11	20.0	26	24.0
12	23.5	27	22.1	12	30.2	27	22.3
13	32.0	28	23.0	13	22.5	28	40.2
14	20.1	29	25.1	14	17.1	29	13.6
15	23.3	30	20.2	15	18.4	30	22.5
计算结果/N	21.9			计算结果/N	21.4		

思考题

1-1　简述氢氧化钠配制、标定和贮存时的注意事项。

2 采样

2.1 固体化工产品采样

采样检验是通过检验样品而对总体物料的质量做出评价和判断的一种检验方法。所采的样品必须能够代表总体物料的特性，采样对样品的基本要求是在满足需要的前提下，能给出所需信息的最少样品数和最少样品量为最佳样品数和最佳样品量。

引用标准：GB/T 6679《固体化工产品采样通则》。

2.2 固体化工产品采样实例

农业用碳酸氢铵的采样

袋装产品，总的包装袋数不超过 512 时，按表 2-1 确定取样袋数；超过 512 袋时，按式（2-1）计算结果确定采样袋数，如遇小数，则进为整数。

表 2-1 采样袋数的规定

总的包装袋数	选取的最小取样袋数	总的包装袋数	选取的最小取样袋数
1～10	全部袋数	182～216	18
11～49	11	217～254	19
50～64	12	255～296	20
65～81	13	297～343	21
82～101	14	344～394	22
102～125	15	395～450	23
126～151	16	451～512	24
152～181	17		

$$采样袋数 = 3 \times \sqrt[3]{N} \tag{2-1}$$

式中，N 为每批肥料总袋数。

按表 2-1 或式（2-1）计算结果，随机抽取一定袋数，用采样器从每袋最长

对角线插入至袋的 $\frac{3}{4}$ 处，取出不少于 100g 的样品，每批采取样品量不得少于 2kg。

将采取的样品置于塑料薄膜袋中，扎紧袋口。仔细混匀后，用四分法缩分到 500g，分装于两个洁净、干燥、带磨口塞的广口瓶或具密闭性能的其他容器中密封，容器上粘贴标签，注明：生产企业名称、产品名称、批号、采样日期和采样人姓名。一瓶作产品质量分析，一瓶保存 1 个月，保留样应置于使样品无显著分解的环境中，以备查用。

2.3 常温下为流动态的液体产品采样

在常温下易于流动的单相均匀液体，要验证其均匀性需从容器的各个部位采样。为了保证所采得的样品具有代表性，必须采取一些具体措施，而这些措施取决于被采物料的种类、包装、贮运工具及应用的采样方法。

引用标准：GB/T 6680《液体化工产品采样通则》。

2.4 液体产品采样实例

以液体无水氨实验室样品的采取为例。

2.4.1 操作要点

将液氨转移入预先清洁、干燥、抽空的不锈钢瓶中，至安全所允许的规定量。

在常温下，灌装量应严格控制不超过钢瓶体积的 75%。

2.4.2 仪器设备

(1) 取样设备

① 取样钢瓶（图 2-1）。不锈钢制成，有效体积不小 1L，耐压不小于 3MPa。由充水校验钢瓶体积。钢瓶装有两只针形阀 A 和 B，分别与瓶内两支不锈钢管相连，一支通到近于瓶底，另一支长度由保证瓶内液氨的安全灌装量确定。

钢瓶设计要考虑易于清洗和干燥。为便于携带，阀门口应配装帽盖。

注：a. 钢瓶应按全部试验所需的液氨样品量确定体积。

b. 钢瓶内部应经常检查，如发现不清洁，可用流水洗涤、干燥，再以纯丙酮洗涤数次，最后以氮气吹洗。同时。也应检查钢瓶的气密性，为此，可将其浸

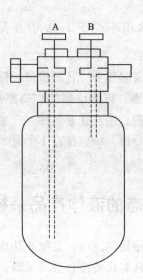

图 2-1　取样钢瓶

入水中，充入氮气至约 3MPa 检验。

②连接管（图 2-2）。内径约 5mm 的不锈钢管，长度适中，紧靠一端焊接以同样内径的不锈钢支管，使呈 T 形状。各端配以螺纹接头，一端与液氨容器液相阀连接，另一端接钢瓶阀 A，支管上安装另一针形阀 C。由开闭阀门 C，可使液氨从容器流入大气或取样钢瓶，也可在液氨容器液相阀关闭时使取样钢瓶入口开向大气。

所用连接件对氨都应是耐腐蚀材料（如硬橡皮、高铅合金），不用含铜材料。

（2）恒温干燥箱　控温要求 105～110℃。

（3）天平　感量 1g。

（4）真空泵　能迅速抽空钢瓶至压力 100Pa 左右。

（5）氮气　经 0.5nm 分子筛干燥。

（6）冷冻浴　用固体二氧化碳（干冰）和工业酒精作冷冻种，至冷温度 −40～−35℃，并配以合用的温度计。

2.4.3　操作手续

（1）钢瓶和连接铃的准备　按以下顺序操作。

①打开针形阀 A 和 B，将钢瓶 [2.4.2（1）①] 与连接管 [2.4.2（1）②] 相连，关闭针形阀 C，在室温下用干燥氮气 [2.4.2（5）] 吹洗净化装好的取样装置。

②将取样装置移入 105～110℃的恒温干燥箱中，经由与连接管相连和通过

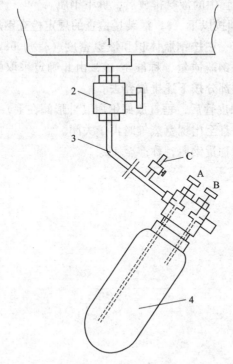

图 2-2 装配图示

1—液氨容器；2—容器液相阀；3—连接管；4—取样钢瓶；

A—钢瓶取样阀；B—钢瓶放空阀；C—连接管放空阀

恒温干燥箱壁孔的进气管继续用干燥氮气吹洗至少 30min。

③ 关闭针形阀 A，拆下钢瓶，连接真空泵 [2.4.2（4）] 于出口针形阀 B 上，抽真空至钢瓶内压力达 100Pa 或更低，保持此压力至少 30min。

④ 关闭针形阀 B，冷却钢瓶。

⑤ 在天平上称量空钢瓶，称准至 1g。

（2）样品的采取

① 浸钢瓶于控温在约 −35℃ 的冷冻浴中，冷却 10～15min，防止阀门结霜。

② 将连接管一端紧密地连接于液氨容器液相阀上，另一端连接针形阀 A，紧固连接处。

③ 在开启液氨容器液相阀前，先打开针形阀 C，使与大气相通。

④ 小心开启液氨容器液相阀，让液氨流出，将存在于连接管中的空气经针形阀 C 排放掉，由液氨的自由流动净化取样管后，关闭针形阀 C，打开针形阀 A，让液氨流入钢瓶至规定的安全灌装量。关闭针形阀 A 和液氨容器液相阀，打

开针形阀 C，在连接管中的液氨排放后，拆下钢瓶。

⑤ 取样后，随即按以下（3）灌装量检查的规定检查钢瓶的液氨灌装量。

（3）灌装量检查　在按钢瓶体积和液氨密度（$\rho = 0.68g/mL$）计算质量后，用天平称量取样后的钢瓶质量，称准至 1g，由此确定采取的液氨量。如取样量超过规定限额，超过部分按下述排放弃去。

针形阀 B 接以橡皮管后，垂直放好钢瓶（针形阀在上），小心开启针形阀 B，让多余的液氨流出，直至出现氨蒸气时再予关闭。

拆下橡皮管，再称量钢瓶，称准至 1g。

3 检测与测定

3.1 化学分析

3.1.1 复混肥料中的总氮含量测定

（1）原理

在碱性介质中用定氮合金将硝酸根还原，直接蒸馏出氨或在酸性介质中还原硝酸盐成铵盐，在混合催化剂存在下，用浓硫酸消化，将有机态氮或酰胺态氮和氰氨态氮转化为铵盐，从碱性溶液中蒸馏氨。将氨吸收在过量硫酸溶液中，在甲基红-亚甲基蓝混合指示剂存在下，用氢氧化钠标准滴定溶液返滴定。

（2）采用方法

GB/T 8572—2001《复混肥料中总氮含量的测定 蒸馏后滴定法》

（3）试剂

① 硫酸。

② 盐酸。

③ 铬粉：细度小于 $250\mu m$。

④ 定氮合金（Cu 50%、Al 45%、Zn 5%）：细度小于 $850\mu m$。

⑤ 硫酸钾。

⑥ 五水硫酸铜。

⑦ 混合催化剂制备：将 1000g 硫酸钾和 50g 五水硫酸铜充分混合，并仔细研磨。

⑧ 氢氧化钠溶液：400g /L。

⑨ 氢氧化钠标准滴定溶液：$c(NaOH) = 0.5mol /L$。

⑩ 硫酸溶液：$c\left(\dfrac{1}{2}H_2SO_4\right) = 0.5mol /L$ 或 $c\left(\dfrac{1}{2}H_2SO_4\right) = 1mol /L$。

⑪ 甲基红-亚甲基蓝混合指示剂。

⑫ 广泛 pH 试纸。

⑬ 硅脂。

（4）主要仪器

① 消化仪器：1000mL 圆底蒸馏烧瓶（与蒸馏仪器配套）和梨形玻璃漏斗。

② 蒸馏仪器：带标准磨口的成套仪器或能保证定量蒸馏和吸收的任何仪器。

蒸馏仪器的各部件用橡皮塞和橡皮管连接，或是采用球形磨砂玻璃接头，为保证系统密封，球形玻璃接头应用弹簧夹子夹紧。

本标准推荐使用的仪器如"第一部分　初级"图 3-1 所示。

③ 防暴沸颗粒或防暴沸装置：后者由一根长约 100mm，直径约 5mm 玻璃棒连接在一根长约 25mm 聚乙烯管上。

④ 消化加热装置：置于通风橱内的 1500W 电炉，或能在 7～8min 内使 250mL 水从常温至剧烈沸腾的其他形式热源。

⑤ 蒸馏加热装置：1000～1500W 电炉，置于升降台架上，可自由调节高度。也可使用调温电炉或能够调节供热强度的其他形式热源。

（5）实验操作步骤

① 试样。从试样中称取总氮含量不大于 235mg，硝酸态氮含量不大于 60mg 的试料 0.5～2g（精确至 0.0002g）于蒸馏烧瓶中。

② 试料处理与蒸馏

a. 仅含铵态氮的试样

ⓐ 于蒸馏烧瓶中加入 300mL 水，摇动使试料溶解，放入防暴沸物后将蒸馏烧瓶连接在蒸馏装置上。

ⓑ 于接受器中加入 40.0mL 硫酸溶液 $\left[c\left(\frac{1}{2}H_2SO_4\right)=0.5mol/L\right]$ 或 20.0mL 硫酸溶液 $\left[c\left(\frac{1}{2}H_2SO_4\right)=1mol/L\right]$、4～5 滴混合指示剂，并加适量水以保证封闭气体出口，将接受器连接在蒸馏装置上。

蒸馏装置的磨口连接处应涂硅脂密封。

通过蒸馏装置的滴液漏斗加入 20mL 氢氧化钠溶液（400g/L），在溶液将流尽时加 20～30mL 水冲洗漏斗，剩 3～5mL 水时关闭活塞。开通冷却水，同时开启加热装置，沸腾时根据泡沫产生程度调节供热强度，避免泡沫溢出或液滴带出。蒸馏出至少 150mL 馏出液后，用 pH 试纸检查冷凝管出口的液滴，如无碱性结束蒸馏。

b. 含硝酸态氮和铵态氮的试样。于蒸馏烧瓶中加入 300mL 水，摇动使试料溶解，加入定氮合金 3g 和防暴沸物将蒸馏烧瓶连接于蒸馏装置上。

蒸馏过程除加入 20mL 氢氧化钠溶液（400g/L）后静置 10min 再加热外，其余步骤同ⓑ。

c. 含酰胺态氮、氰氨态氮和铵态氮的试样。将蒸馏烧瓶置于通风橱中，小心加入 25mL 硫酸，插上梨形玻璃漏斗，置于加热装置上，加热至冒硫酸白烟

15min 后停止，待蒸馏烧瓶冷却至室温后小心加入 250mL 水。

蒸馏过程除加入氢氧化钠溶液（400g/L）为 100mL 外，其余步骤同ⓑ。

d. 含有机物、酰胺态氮、氰氨态氮和铵态氮的试样。将蒸馏烧瓶置于通风橱中，加入 22g 混合催化剂，小心加入 30mL 硫酸，插上梨形玻璃漏斗，置于加热装置上加热。

如泡沫很多，减少供热强度至泡沫消失，继续加热至冒硫酸白烟 60min 后或直到溶液透明后停止。待烧瓶冷却至室温后小心加入 250mL 水。

蒸馏过程除加入氢氧化钠溶液（400g/L）为 120mL 外，其余步骤同ⓑ。

e. 含硝酸态氮、酰胺态氮、氰氨态氮和铵态氮的试样。于蒸馏烧瓶中加入 35mL 水，摇动使试料溶解，加入铬粉 1.2g，盐酸 7mL，静置 5～10min，插上梨形玻璃漏斗。

置蒸馏烧瓶于通风橱内的加热装置上，加热至沸腾并泛起泡沫后 1min，冷却至室温，小心加入 25mL 硫酸，继续加热至冒硫酸白烟 15min，待蒸馏烧瓶冷却至室温后小心加入 400mL 水。

蒸馏过程除加入氢氧化钠溶液（400g/L）为 100mL 外，其余步骤同ⓑ。

f. 含有机物、硝酸态氮、酰胺态氮、氰氨态氮和铵态氮的试样或未知试样。于蒸馏烧瓶中加入 35mL 水，摇动使试料溶解，加入铬粉 1.2g，盐酸 7mL，静置 5～10min，插上梨形玻璃漏斗。

置蒸馏烧瓶于通风橱内的加热装置上，加热至沸腾并泛起泡沫后 1min，冷却至室温，加入 22g 混合催化剂，小心加入 30mL 硫酸，继续加热。

如泡沫很多，减少供热强度至泡沫消失，继续加热至冒硫酸白烟 60min 后停止，待蒸馏烧瓶冷却至室温后小心加入 400mL 水。

蒸馏过程除加入氢氧化钠溶液（400g/L）为 120mL 外，其余步骤同ⓑ。

③ 滴定。用氢氧化钠标准滴定溶液返滴定过量硫酸至混合指示剂呈现灰绿色为终点。

④ 空白试验。在测定的同时，按同样操作步骤，使用同样的试剂，但不含试料进行空白试验。

⑤ 核对试验。使用新制备的含 100mg 氮的硝酸铵，按测试试料的相同条件进行。

(6) 分析结果的表述　总氮含量（x）以氮（N）的质量分数（%）表示，按式（3-1）计算：

$$x = \frac{(V_2 - V_1)c \times 0.01401}{m} \times 100 \qquad (3-1)$$

式中　c——测定及空白试验时，使用氢氧化钠标准滴定溶液的浓度，mol/L；

V_1——测定时，使用氢氧化钠标准滴定溶液的体积，mL；

V_2——空白试验时，使用氢氧化钠标准滴定溶液的体积，mL；

0.01401——与 1.00mL 氢氧化钠标准滴定溶液 $[c(NaOH)=1.000mol/L]$ 相当的以克表示的氮的质量；

m——试料质量，g。

取平行测定结果的算术平均值作为测定结果。

（7）允许差

① 平行测定结果的绝对差值不大于 0.30%。

② 不同实验室测定结果的绝对差值不大于 0.50%。

（8）注意事项

① 还原与消化。

a. 还原时，加入铬粉和盐酸后，在室温下至少静置 5min，但不得超过 10min。

b. 消化要完全。消化的完全与否，主要取决于消化时的温度，温度过低，消化不完全；但过高的温度，会导致氨的损失。一般对热源的要求，要达到 7～7.5min 沸腾试验。所谓沸腾试验，即在蒸馏瓶中加入 250mL 蒸馏水，在电炉上加热，若在 7～7.5min 内，使 25℃的水达到激烈沸腾，则该电炉的供热达到消化要求。

② 蒸馏前应该检查各连接接头是否密封，在磨口处应涂以硅酯（不能使用凡士林），应用夹子或橡皮筋固定，以防止在蒸馏时接头松开，造成气体或液体外溢，而使结果偏低。

③ 应根据估计的试样中氮含量，吸取一定量的试液，以保证蒸馏出的氨被吸收液定量吸收。导管应插入硫酸液面下。若使用双球吸收瓶，应注意吸收液的体积能达到液封。

④ 蒸馏烧瓶中宜加些多孔性质的碎瓷片、浮石或采用防暴沸装置，以阻止溶液的暴沸。但由于蒸馏是在强碱性溶液中进行，随着蒸馏次数的增加，烧瓶底会因腐蚀出现厚薄不匀，即使在加碎瓷片或浮石情况下也会暴沸，此时最好能更换新蒸馏瓶。

⑤ 为保证蒸馏完全，馏出液一般应达到 150mL 左右。

⑥ 应定期用新鲜制备的含 100mg 氮的硫酸铵溶液核对蒸馏仪器的效率和测定方法的准确度。

3.1.2 复混肥料中的磷含量测定

（1）原理　用水和乙二胺四乙酸二钠（EDTA）溶液提取复混肥料中水溶性

复混肥料中总氮（N）含量测定原始记录　　　　No: ___

检验日期			年 月 日		样品编号		
天平编号			滴定管编号			吸管编号	
室温			℃	相对湿度			%
项目	单位		1	2		空白	
称量瓶＋试样质量	g						
称量瓶质量	g						
试料质量（m）	g						
溶液温度	℃						
滴定管末读数	mL						
滴定管初读数	mL						
滴定管补正值	mL						
溶液温度校正值	mL						
实际消耗溶液体积（V_1,V_2）	mL						
计算结果［氮(N)］	%						
平均值［氮(N)］	%				$V_2=$		
绝对差值	%						

计算公式：

$$x(N)\% = \frac{(V_2 - V_1)c \times 1.401}{m}$$

说明：

$c=$ _____ mol/L

备注：

检验人			复核人		

职业技能鉴定培训教程

磷和有效磷，提取液中正磷酸根离子在酸性介质中与喹钼柠酮试剂生成黄色磷钼酸喹啉沉淀，用磷钼酸喹啉重量法测定磷的含量。

（2）采用方法　GB/T 8573—1999《复混肥料中有效磷含量测定》。

（3）试剂

①乙二胺四乙酸二钠（EDTA）溶液（37.5g/L）：称取 37.5g EDTA 于 1000mL 烧杯中，加入少量水溶解，用水稀释至 1000mL，混匀。

②喹钼柠酮试剂。

③硝酸（1+1）溶液。

（4）主要仪器

①恒温干燥箱，能维持 180℃±2℃。

②玻璃坩埚式滤器，4 号，容积 30mL。

③恒温水浴振荡器，能控制温度 60℃±1℃的往复式振荡器或回旋式振荡器。

（5）实验操作步骤

①试样称量。称取含有 100～200mg 五氧化二磷的试样，精确至 0.0001g。

②水溶性磷的提取。按试样称量要求称取试样，置于 75mL 的瓷蒸发器中，加 25mL 水研磨，将清液倾注过滤于预先加入 5mL 硝酸溶液的 250mL 量瓶中。继续用水研磨三次，每次用 25mL 水，然后将水不溶物转移到滤纸上，并用水洗涤水不溶物，待量瓶中溶液达 200mL 左右为止。最后用水稀释至刻度，混匀，即为溶液 A，供测定水溶性磷用。

③有效磷的提取。按试样称量要求，另外称取试样置于滤纸上，用滤纸包裹试样，塞入 250mL 量瓶中，加入 150mL 预先加热至 60℃的 EDTA 溶液，塞紧瓶塞，摇动量瓶使试样分散于溶液中，置于 60℃±1℃的恒温水浴振荡器中，保温振荡 1h（振荡频率以量瓶内试样能自由翻动即可）。然后取出量瓶，冷却至室温，用水稀释至刻度，混匀。干过滤，弃去最初部分滤液，即得溶液 B，供测定有效磷用。

④水溶性磷的测定。用单标线吸管吸取 25mL 溶液 A，移入 500mL 烧杯中，加入 10mL 硝酸溶液，用水稀释至 100mL。在电炉上加热至沸，取下，加入 35mL 喹钼柠酮试剂，盖上表面皿，在电热板上微沸 1min 或置于近沸水浴中保温至沉淀分层，取出烧杯，冷却至室温。

用预先在 180℃±2℃干燥箱内干燥至恒重的玻璃坩埚式滤器过滤，先将上层清液滤完，然后用倾泻法洗涤沉淀 1～2 次，每次用 25mL 水，将沉淀移入滤器中，再用水洗涤，所用水共 125～150mL，将沉淀连同滤器置于 180℃±2℃干燥箱内，待温度达到 180℃后，干燥 45min，取出移入干燥器内，冷却至室温，称量。

空白试验。除不加试样外，须与试样测定采用完全相同的试剂、用量和分析步骤，进行平行操作。

⑤ 有效磷的测定。用单标线吸管吸取 25mL 溶液 B，移入 500mL 烧杯中，加入 10mL 硝酸溶液，用水稀释至 100mL。以下操作按水溶性磷的测定分析步骤进行。

(6) 分析结果的表述

① 水溶性磷含量（x_1）及有效磷含量（x_2），以五氧化二磷（P_2O_5）质量百分数表示，按式（3-2）和式（3-3）计算：

$$x_1 = \frac{(m_1 - m_2) \times 0.03207}{m_A \times \frac{25}{250}} \times 100 = \frac{(m_1 - m_2) \times 32.07}{m_A} \tag{3-2}$$

$$x_2 = \frac{(m_3 - m_4) \times 0.03207}{m_B \times \frac{25}{250}} \times 100 = \frac{(m_3 - m_4) \times 32.07}{m_B} \tag{3-3}$$

式中　m_1——测定水溶性磷所得磷钼酸喹啉沉淀的质量，g；

　　　m_2——测定水溶性磷时，空白试验所得磷钼酸喹啉沉淀的质量，g；

　　　m_3——测定有效磷所得磷钼酸喹啉沉淀的质量，g；

　　　m_4——测定有效磷时，空白试验所得磷钼酸喹啉沉淀的质量，g；

　　　m_A——测定水溶性磷时，试料的质量，g；

　　　m_B——测定有效磷时，试料的质量，g；

0.03207——磷钼酸喹质量换算为五氧化二磷质量的系数。

取平行测定结果的算术平均值为测定结果。

② 复混肥料中水溶性磷占有效磷的百分率（x_3），按式（3-4）计算：

$$x_3 = \frac{x_1}{x_2} \times 100 \tag{3-4}$$

式中　x_1——水溶性磷含量，%；

　　　x_2——有效磷含量，%。

(7) 允许差

① 平行测定结果的绝对差值不大于 0.20%。

② 不同实验室测定结果的绝对差值不大于 0.30%。

(8) 注意事项

① 喹钼柠酮试剂只能与正磷酸根（PO_4^{3-}）而不与其他磷酸盐离子产生定量作用。因此，对经过干燥工序加工后制成的复混肥料，一部分正磷酸盐可能脱水聚合，在提取液中可能存在如偏磷酸盐（PO_3^-），焦磷酸盐（$P_2O_7^{4-}$）等，故对

所取测定磷的试液，在加入沉淀剂前，在电炉上缓缓煮沸数分钟进行水解。

② 测定磷的操作过程中加入 35mL 喹钼柠酮试剂，只能沉淀 25mg P_2O_5，因此吸取提取液时，以 P_2O_5 含量不超过 20mg 为宜。

③ 加入喹钼柠酮试剂时的溶液温度最好在 80℃左右，加入试剂后，温度降至 60℃左右，若温度过低容易形成物理性能较差沉淀。

④ 用水提取水溶性磷的提取液中，当含钙的提取液 pH 值为 6 左右时要特别注意，被提取液的磷易生成磷酸二钙沉淀，所以水提取后要立即过滤，并吸取提取液于烧杯中加 1+1 硝酸酸化。

⑤ 喹钼柠酮试剂能腐蚀玻璃，不能放玻璃瓶中，以贮存于聚乙烯瓶中为宜，试剂应存放暗处。如受光溶液呈浅蓝色，可滴加 1‰溴酸钾溶液至颜色消失为止。

⑥ 黄色沉淀 $(C_9H_7NH)_3PO_4 \cdot 12MoO_3 \cdot H_2O$ 在 107℃以上失去水分变成无水盐，在 155～370℃稳定，因此沉淀的干燥温度可以在 370℃以下进行，日本肥料分析在 220℃干燥箱中干燥 15min 即可恒重。为了干燥箱的安全起见，国内标准中规定在 180℃干燥箱内干燥 45min，可达到相同的效果。

⑦ 过滤黄色沉淀所用 4 号玻璃坩埚式滤器，用毕后应把沉淀用水冲掉，然后浸泡在 1+1 氨水中，待黄色沉淀全部溶解后，再用清水洗净。氨水可保留再用。

3.1.3 复混肥料中的钾含量测定

(1) 原理　在弱碱性介质中，以四苯硼酸钠溶液沉淀试样溶液中的钾离子，将沉淀过滤、干燥及称重。如试样中含有氰氨基化物或有机物时，可先加溴水和活性炭处理。为了防止阳离子干扰，可预先加入适量的乙二胺四乙酸二钠盐（EDTA），使阳离子与乙二胺四乙酸二钠络合。

(2) 采用方法　GB/T 8574—2002《复混肥料中钾含量的测定　四苯硼酸钾重量法》。

(3) 试剂

① 四苯硼酸钠溶液：15g/L。

② 乙二胺四乙酸二钠盐（EDTA）溶液：40g/L。

③ 氢氧化钠溶液：400g/L。

④ 溴水溶液的质量分数：约 5%。

⑤ 四苯硼酸钠洗涤液：1.5g/L。

⑥ 酚酞：5g/L 乙醇溶液，溶解 0.5g 酚酞于 100mL 95%（质量分数）乙醇中。

复混肥料中P_2O_5含量测定原始记录　　No：＿＿＿

检验日期		年　月　日	样品编号	
天平编号		干燥箱编号	恒温水浴锅编号	
室温		℃	相对湿度	％

项目	单位	水溶性磷		有效磷	
		1	2	1	2
称量瓶＋试样质量	g				
称量瓶质量	g				
试料质量(m_A, m_B)	g				
玻璃坩埚＋沉淀质量	g				
玻璃坩埚恒重质量1	g				
玻璃坩埚恒重质量2	g				
玻璃坩埚恒重质量3	g				
沉淀质量(m_1, m_3)	g				
计算结果(P_2O_5)	％				
平均值(P_2O_5)	％				
绝对差值	％				
水溶性磷占有效磷百分率	％				

计算公式：

$$x(水溶性磷)\% = \frac{(m_1 - m_2) \times 32.07}{m_A}$$

$$x(有效磷)\% = \frac{(m_3 - m_4) \times 32.07}{m_B}$$

说明：
空白：
　　$m_2 =$
　　$m_4 =$

备注：

检验人		复核人	

⑦ 活性炭：应不吸附或不释放钾离子。

（4）主要仪器

① 玻璃坩埚式滤器：4 号，30mL。

② 干燥箱：能维持 120℃±5℃ 的温度。

（5）实验操作步骤

① 试样溶液的制备。称取含氧化钾约 400mg 的试样 2～5g（精准至0.0002g），置于 250mL 锥形瓶中，加约 150mL 水，加热煮沸 30min，冷却，定量转移到 250mL 量瓶中，用水稀释至刻度，混匀，干过滤，弃去最初 50mL 滤液。

② 试液处理。

a. 试样不含氰氨基化物或有机物。吸取上述滤液 25mL，置于 200mL 烧杯中，加 EDTA 溶液 20mL（含阳离子较多时可加 40mL），加 2～3 滴酚酞溶液，滴加氢氧化钠溶液至红色出现时，再过量 1mL，在良好的通风柜内缓慢加热煮沸 15min，然后放置冷却或用流水冷却至室温，若红色消失，再用氢氧化钠溶液调至红色。

b. 试样含有氰氨基化物或有机物。吸取上述滤液 25mL，置于 200～250mL 烧杯中，加入溴水溶液 5mL，将该溶液煮沸直至所有溴水完全脱除为止（无溴颜色），若含有其他颜色，将溶液体积蒸发至小于 100mL，待溶液冷却后，加0.5g 活性炭，充分搅拌使之吸附，然后过滤，并洗涤 3～5 次，每次用水约5mL，收集全部滤液，加 EDTA 溶液 20mL（含阳离子较多时加 40mL），以下手续同 a. 操作。

③ 沉淀及过滤。在不断搅拌下，于试样溶液中逐滴加入四苯硼酸钠溶液，加入量为每含 1mg 氧化钾加四苯硼酸钠溶液 0.5mL，并过量约 7mL，继续搅拌1min，静置 15min 以上，用倾滤法将沉淀过滤于 120℃ 下预先恒重的 4 号玻璃坩埚式滤器内，用四苯硼酸钠洗涤液洗涤沉淀 5～7 次，每次用量约 5mL，最后用水洗涤 2 次，每次用量 5mL。

④ 干燥。将盛有沉淀的坩埚置入 120℃±5℃ 干燥箱中，干燥 1.5h，然后放在干燥器内冷却，称重。

注：坩埚洗涤时，若沉淀不易洗去，可用丙酮进一步清洗。

⑤ 空白试验。除不加试液外，分析步骤及试剂用量均与上述步骤相同。

（6）分析结果的表述　钾（以 K₂O 计）含量以质量分数 $x(K_2O)$ 表示，按式（3-5）计算：

$$x(K_2O) = \frac{(m_2 - m_1) \times 0.1314}{m_0 \times \frac{25}{250}} \times 100 = \frac{(m_2 - m_1) \times 131.4}{m_0} \qquad (3\text{-}5)$$

式中 m_2——试液所得沉淀的质量，g；

　　　m_1——空白试验时所得沉淀的质量，g；

0.1314——四苯硼酸钾质量换算为氧化钾质量的系数；

　　　m_0——试料的质量，g；

　　　25——吸取试样溶液体积，mL；

　　250——试样溶液总体积，mL。

取平行测定结果的算术平均值作为测定结果。

（7）允许差　平行测定和不同实验室测定结果的允许差应符合表 3-1 要求。

表 3-1　平行测定和不同实验室测定结果的允许差

钾的质量分数（以 K_2O 计）/%	平行测定允许差值/%	不同实验室测定允许差值/%
<10.0	0.20	0.40
10.0～20.0	0.30	0.60
>20.0	0.40	0.80

（8）注意事项

①四苯硼酸钠溶液的配制。四苯硼酸钠试剂，尽管采用分析纯级别，但在生产过程中往往还会掺入少量与钾离子沉淀有影响的元素，需要进一步提纯，提纯的方法是：加入六水氯化镁溶液，也有加氢氧化铝溶液的，但前者比后者吸附杂质能力强。该配制的溶液应为碱性，因为六水氯化镁或氢氧化铝溶液只有在碱性介质条件下，才可形成胶体状态，具有吸附四苯硼酸钠溶液中杂质的能力。另外，四苯硼酸钠溶液只有在碱性介质中稳定。

②四苯硼酸钠的洗涤液的配制。四苯硼酸钾沉淀溶解度稍大，用水多次洗涤会使沉淀有一定的损失。为此，必须用洗涤液洗涤。洗涤液配制有两种方法：a. 四苯硼酸钠配制液进行稀释；b. 饱和液。本标准按 a. 法配制，比 b. 法简单。

③试样溶液的处理。试样分两种情况：a. 不含氰氨化钙或有机物时，只需清除铵离子和金属阳离子干扰即可；b. 若含有氰氨化钙或有机物时，则需加溴水处理。

④被测试液的酸度控制。由于复混肥料中含有氮、磷、钾及其他微量元素，故必须加入氢氧化钠溶液和 EDTA 溶液，只有在一定的酸度（碱度）条件下，才能起到消除铵离子和阳离子的作用。氢氧化钠与 NH_4^+ 反应生成氢氧化铵，通过加热驱除氨气。但碱性过高，在含有钙、镁、铁、铝等共存时，将出现氢氧化物及其他盐类沉淀。另一方面，在采用 EDTA 掩蔽阳离子时，也要求控制适当碱度，经试验证明，pH＝8～9 或 pH＝12～13 即可。一般可采用酚酞溶液作指示剂，将被测试液调节为红色。

⑤ 沉淀剂加入量。标准规定是估计含钾量多少加入沉淀剂量。根据试验资料介绍，在被测试液中沉淀剂的浓度过量0.1%以下，结果偏低，而浓度过量0.4%以上，测定结果偏高，也就是说，不是沉淀剂越多越好。

⑥ 沉淀的洗涤。前面已叙述到四苯硼酸钾沉淀溶解度不是非常小，特别是室温较高时，洗涤次数和用量都要按规定操作，决不能过多，否则结果会偏低。

⑦ 沉淀干燥温度。四苯硼酸钾沉淀干燥温度不应超出130℃。高于130℃沉淀会逐渐分解。同时也要注意干燥箱温度的准确性。

⑧ 使用过的坩埚处理。含有四苯硼酸钾沉淀的坩埚，首先用稀盐酸浸泡，再用水冲洗抽滤，可能还残存沉淀，应用少量丙酮进一步抽洗。

3.1.4 复混肥料中的钙、镁含量的测定（乙二胺四乙酸二钠容量法）

(1) 原理　用三乙醇胺、乙二胺、盐酸羟胺和淀粉溶液消除干扰离子的影响，在pH12～13条件下，镁以氢氧化镁形式沉淀，以钙黄绿素为指示剂，用乙二胺四乙酸二钠标准滴定溶液配位滴定总钙；在pH10条件下，以K-B为指示剂，用乙二胺四乙酸二钠标准滴定溶液配位滴定钙镁总量。从钙镁总量中扣除钙的量即为镁的量。

(2) 采用方法　GB/T 19203—2003《复混肥料中钙、镁、硫含量的测定》。

(3) 试剂和材料

① 硝酸。

② 高氯酸。

③ 盐酸羟胺。

④ 乙二胺。

⑤ 三乙醇胺溶液：1+3。

⑥ 氢氧化钾溶液：200g/L。

⑦ 淀粉溶液：10g/L。称取1g可溶性淀粉于200mL烧杯中，加5mL水润湿，加95mL沸水搅拌，煮沸，冷却备用。

⑧ 氨-氯化铵缓冲溶液，pH≈10。称取54g氯化铵溶于水，加350mL氨水，稀释至1L。

⑨ 乙二胺四乙酸二钠（EDTA）标准滴定溶液：$c(EDTA)=0.02mol/L$。

⑩ 孔雀石绿指示液：1g/L。

⑪ 钙黄绿素-甲基百里香草酚蓝指示剂（简称钙黄绿素指示剂）：0.10g钙黄绿素与0.10g甲基麝香草酚蓝（或甲基百里香酚蓝）与0.03g百里香酚酞、5g氯化钾研细混匀，贮存于磨口瓶中备用。

⑫ 酸性铬蓝K-萘酚绿B混合指示剂（简称K-B指示剂）。

复混肥料中K₂O含量测定原始记录　　　No: ____

检验日期		年　月　日		样品编号	
天平编号				干燥箱编号	
室温		℃		相对湿度	%
项目	单位	1	2	空白	
称量瓶＋试样质量	g				
称量瓶质量	g				
试料质量(m_0)	g				
玻璃坩埚＋沉淀质量	g				
玻璃坩埚恒重质量1	g				
玻璃坩埚恒重质量2	g				
玻璃坩埚恒重质量3	g				
沉淀质量(m_2,m_1)	g				
计算结果(K₂O)	%				
平均值(K₂O)	%			$m_1 =$	
绝对差值	%				

计算公式：

$$x(K_2O) = \frac{(m_2 - m_1) \times 131.4}{m_0}$$

说明：

备注：

检验人			复核人	

（4）仪器　通常实验室用仪器。

（5）实验操作步骤

① 试样溶液的制备

称取 4～5g 的试样（精确至 0.0002g）(若硫含量低于 2％，则称样量为 10g)置于 400mL 高型烧杯中，加入 20～30mL 硝酸，不盖表面皿，小心摇匀，在通风橱内用电热板慢慢煮沸消化至近干涸，以分解试样和赶尽硝酸。稍冷加入 10mL 高氯酸，盖上表面皿，缓慢加热至冒高氯酸的白烟，继续加热直至溶液呈无色或淡色清液（注意：不要蒸干!)(必要时，短时间放置冷却后，补加硝酸数毫升再加热）。冷却至室温，定量转移至 250mL 量瓶中，用水稀释至刻度，混匀。干过滤，弃去最初几毫升滤液，待用。

② 测定。

a. 总钙含量测定。

ⓐ 含量测定。准确吸取一定量的试样溶液（以 Ca 计 15mg 以下）于三角烧瓶中，加水 50mL，加淀粉溶液 10mL、三乙醇胺溶液 8mL、乙二胺 1mL、1 滴孔雀石绿指示液，滴加氢氧化钾溶液至无色，再过量 10mL，加 0.1g 盐酸羟胺（每加一种试剂都须摇匀）、加钙黄绿素指示剂 0.1～0.3g，在黑色背景下立即用乙二胺四乙酸二钠（EDTA）标准滴定溶液滴定至绿色荧光消失呈现紫红色为滴定终点。

ⓑ 空白试验。除不加试样外，须与试样测定采用完全相同的试剂、用量和分析步骤，进行平行试验。

b. 钙镁总量测定。

ⓐ 含量测定。准确吸取一定量的试样溶液（以 Ca＋Mg 计，总量 15mg 以下）于三角烧瓶中，加水 50mL，加淀粉溶液 10mL、三乙醇胺溶液 8mL、乙二胺 1mL，再加 10mL 氨-氯化铵缓冲溶液，加 0.1g 盐酸羟胺（每加一种试剂都须摇匀）、0.1g K-B 指示剂，此时溶液呈红色，用乙二胺四乙酸二钠（EDTA）标准滴定溶液滴定至蓝色，若摇动半分钟仍不褪色认为达到滴定终点。

ⓑ 空白试验。除不加试样外，须与试样测定采用完全相同的试剂、用量和分析步骤，进行平行试验。

（6）分析结果的表述　总钙（以 Ca 计）含量 x_1，以质量分数（％）表示，按式（3-6）计算：

$$x_1 = \frac{c_1(V_1 - V_{01}) \times 40.08}{1000 \times m_1 \times \dfrac{V_2}{250}} \times 100 \tag{3-6}$$

式中　c_1——EDTA 标准滴定溶液的浓度，mol/L；

V_1——测定钙含量时消耗 EDTA 标准滴定溶液的体积，mL；

V_{01}——测定钙含量时空白试验消耗 EDTA 标准滴定溶液的体积，mL；

40.08——钙（Ca）的摩尔质量，g/mol；

m——试料质量，g；

V_2——测定钙含量时吸取试样溶液体积，mL；

250——试样溶液总体积，mL。

取平行测定结果的算术平均值为测定结果。

总镁（以 Mg 计）含量 x_2，以质量分数（%）表示，按式（3-7）计算：

$$x_2 = \frac{c_1 \left(\dfrac{V_3 - V_{02}}{V_4} - \dfrac{V_1 - V_{01}}{V_2} \right) \times 24.31}{1000 \times \dfrac{m_1}{250}} \times 100 \qquad (3\text{-}7)$$

式中　V_3——测定钙镁总量时消耗 EDTA 标准滴定溶液体积，mL；

V_{02}——测定钙镁总量时空白试验消耗 EDTA 标准滴定溶液的体积，mL；

V_4——测定钙镁总量时吸取试样溶液体积，mL；

24.31——镁（Mg）的摩尔质量，g/mol。

取平行测定结果的算术平均值为测定结果。

（7）允许差

① 平行测定结果的绝对差值不大于 0.20%。

② 不同实验室测定结果的绝对差值不大于 0.30%。

（8）注意事项

① 用 EDTA 滴定法测定钙镁，存在一些干扰。用乙二胺、三乙醇胺作掩蔽剂，使得各种金属离子被充分掩蔽，防止了金属离子对指示剂的影响。使用淀粉溶液作稀释剂，可阻止磷酸钙沉淀的凝聚，消除吸附现象，也消除了滴定终点的回头现象，使测定结果更加稳定、准确。

② 对于掩蔽剂的使用要注意它的加入条件，用来掩蔽 Fe^{3+} 等离子的三乙醇胺、乙二胺，必须在酸性溶液中加入，然后再碱化，若溶液已呈碱性，则 Fe^{3+} 等已生成氢氧化物沉淀而不易络合掩蔽。

③ 测定钙含量时采用的指示剂为钙黄绿素，此指示剂具有强的抗封闭能力，终点颜色变化明显。测定钙镁总量时选用酸性铬蓝 K-萘酚绿 B（简称 K-B 指示剂），使得终点容易判断，另外将该指示剂与中性盐类（如氯化钾）配成固体混合物，可较长时间保存。

3.1.5　复混肥料中的硫含量的测定

（1）原理　试样在酸性溶液中，硫酸根和钡离子生成难溶的 $BaSO_4$ 沉淀，经

职业技能鉴定培训教程

复混肥料中钙、镁测定原始记录   No：____

检验日期		年　月　日		样品编号	
天平编号		滴定管编号		吸管编号	
室温		℃	相对湿度		%
项目	单位	1	2	1	2
称量瓶＋试样质量	g				
称量瓶质量	g				
试料质量(m_0)	g				
吸取试液体积(V_2,V_4)	mL				
溶液温度	℃				
滴定管末读数	mL				
滴定管初读数	mL				
滴定管补正值	mL				
溶液温度校正值	mL				
实际消耗溶液体积(V_1,V_3)	mL				
计算结果	%				
平均值	%				
绝对差值	%				

计算公式：

$$x(钙)=\frac{c(V_1-V_{01})\times 40.08}{1000\times m_0\times\dfrac{V_2}{250}}\times 100$$

$$x(镁)=\frac{c[(V_3-V_{02})/V_4-(V_1-V_{01})/V_2]\times 24.31}{1000\times\dfrac{m_0}{250}}\times 100$$

说明：

$c=$ _____ mol/L

$V_{01}=$ _____ mL

$V_{02}=$ _____ mL

备注：

检验人		复核人	

过滤、洗涤、灼烧或烘干、称重，进而计算出硫的含量。

（2）采用方法　GB/T 19203—2003《复混肥料中钙、镁、硫含量的测定》。

（3）试剂和材料

① 硝酸。

② 高氯酸。

③ 盐酸溶液：1+1。

④ 硝酸溶液：1+1。

⑤ 氨水溶液：1+1。

⑥ 氯化钡溶液：$c(BaCl_2)=0.5mol/L$。称取 122g $BaCl_2\cdot2H_2O$ 于 800mL 水中，使之溶解，稀释至 1L，混匀。

⑦ 硝酸银溶液：5g/L。称取 0.5g 硝酸银溶于 100mL 水中，加入 2～3 滴硝酸溶液混匀，贮存于棕色瓶中。

⑧ 乙二胺四乙酸二钠溶液：10g/L。称取 10g 乙二胺四乙酸二钠溶于水中，稀释至 1L，混匀。

⑨ 甲基红指示液：10g/L。

（4）仪器

① 干燥箱：温度可控制在 120℃±2℃ 或（和）180℃±2℃。

② 箱式电阻炉：温度可控制在 800℃±50℃。

③ 玻璃坩埚式滤器：4 号，容积 30mL。

（5）实验操作步骤

① 试样溶液的制备［同 3.1.4 中（5）的①］。

② 测定。吸取含 40～240mg S 的试液于 400mL 的烧杯中，加入 2～3 滴甲基红指示液，用氨水溶液调至试液有沉淀生成或试液呈橙黄色，加入盐酸溶液 4mL、乙二胺四乙酸二钠溶液 5mL，用水稀释至 200mL，盖上表面皿，放在电热板上加热近沸，在搅拌下逐滴加入 $BaCl_2$ 溶液 20mL，使其慢慢沸腾 3～5min 后，盖上表面皿在电热板或水浴（约 60℃）保温 1h，使沉淀陈化，冷却至室温。

a. 总硫含量测定。

ⓐ 灼烧法（仲裁法）。用长颈玻璃漏斗及定量滤纸过滤沉淀，以倾泻法过滤，然后用温水洗涤沉淀至滤液中无 Cl^- 为止（用硝酸银溶液检验滤液），再用温水洗涤沉淀 4～5 次，将沉淀置于预先在 800℃±50℃ 下恒重的瓷坩埚中。将沉淀连同瓷坩埚置于 120℃±2℃ 干燥箱中干燥 1h，然后移入箱式电阻炉，在 800℃±50℃ 下灼烧 0.5h，取出后先放在炉旁在空气中冷却 1～2min，然后放在干燥器内冷却至室温，称重。

ⓑ 烘干法。用已在180℃±2℃下干燥至恒重的玻璃坩埚式滤器过滤沉淀，以倾泻法过滤，然后用温水洗涤沉淀至滤液中无 Cl⁻ 为止（用硝酸银溶液检验滤液），再用温水洗涤沉淀 4～5 次，将沉淀连同玻璃坩埚式滤器置于180℃±2℃干燥箱中干燥1h，取出后放在干燥器内冷却至室温，称重。

b. 空白试验。除不加试样外，须与试样测定采用完全相同的试剂、用量和分析步骤，进行平行试验。

（6）分析结果的表述　总硫（以 S 计）含量 x_3，以质量分数（％）表示，按式（3-8）计算：

$$x_3 = \frac{(m_2 - m_3) \times 0.1374}{m_4 \times \frac{V_5}{250}} \times 100 \tag{3-8}$$

式中　m_2——测定时沉淀的质量，g；

　　　m_3——空白试验中沉淀的质量，g；

　0.1374——硫（S）的摩尔质量与硫酸钡（BaSO₄）的摩尔质量的比值；

　　　m_4——试料质量，g；

　　　V_5——测定总硫含量时吸取试液体积，mL；

　　250——试样溶液总体积，mL。

取平行测定结果的算术平均值作为测定结果。

（7）允许差

① 平行测定结果的绝对差值不大于 0.20％。

② 不同实验室测定结果的绝对差值不大于 0.40％。

（8）注意事项

① 总硫含量测定时应在不断搅拌下慢慢地滴加沉淀剂，以免局部相对饱和度太大。同时应在热溶液中进行，可降低相对饱和度，且温度升高，可使吸附的杂质减少。

② 为了使滤纸不致迅速被沉淀堵塞，应采用倾泻法过滤，即将沉淀上澄清液沿玻棒小心倾入漏斗，尽可能使沉淀留在杯内。洗涤沉淀是为了洗去沉淀表面吸附的杂质和混杂在沉淀中的母液。洗涤时要尽量减少沉淀的溶解损失和避免形成胶体。用热水洗涤，则过滤较快，且能防止形成胶体。

3.1.6　氨化硝酸钙中的钙含量的测定

（1）原理　在 pH12～13 条件下，以钙黄绿素为指示剂，用乙二胺四乙酸二钠（简称 EDTA）标准滴定溶液配位滴定水溶性钙含量。

复混肥料中硫含量测定原始记录　　　　No：____

检验日期	年　月　日		样品编号		
天平编号		干燥箱编号		电阻炉编号	
室温		℃	相对湿度		%
项目	单位	1	2	空白	
称量瓶＋试样质量	g				
称量瓶质量	g				
试料质量(m_0)	g				
吸取试液体积(V)	mL				
玻璃坩埚＋沉淀质量	g				
玻璃坩埚恒重质量1	g				
玻璃坩埚恒重质量2	g				
玻璃坩埚恒重质量3	g				
沉淀质量(m_1,m_2)	g				
计算结果(S)	%				
平均值(S)	%		$m_2=$		
绝对差值	%				
计算公式：$$x(\quad)=\frac{(m_1-m_2)\times13.74}{m_0\times V/250}$$			说明：		
备注：					
检验人			复核人		

（2）采用方法　HG/T 3733—2004《氨化硝酸钙》。

（3）试剂

① 氢氧化钾溶液：200g/L。

② 乙二胺四乙酸二钠标准滴定溶液：$c(EDTA) = 0.02mol/L$。

③ 钙黄绿素-甲基百里香草酚蓝指示剂（简称钙黄绿素指示剂）：0.10g 钙黄绿素与 0.10g 甲基麝香草酚蓝（或甲基百里香酚蓝）与 0.03g 酚酞、5g 氯化钾研细混匀，贮存于磨口瓶中备用。

（4）实验操作步骤

① 试样溶液的制备。称取约 2g 试样，精确至 0.0002g，置于 250mL 三角瓶中，加约 150mL 水，摇动片刻，加热煮沸 10min，冷却至室温后转移至 250mL 量瓶中，稀释至刻度，混匀后干过滤，弃去最初部分滤液，即得试样溶液。

② 测定。准确吸取 20mL 试样溶液于 250mL 三角瓶中，加约 90mL 水，再加 1mL 氢氧化钾溶液，加钙黄绿素指示剂 0.1～0.3g，在黑色背景下立即用乙二胺四乙酸二钠（EDTA）标准滴定溶液滴定至绿色荧光消失呈现紫红色为终点。

③ 空白试验。除不加试样外，与试样测定采用完全相同的试剂、用量和分析步骤进行平行测定。

（5）分析结果的表述　试样中的水溶性钙（Ca）含量 x，以质量分数（%）表示，按式（3-9）计算：

$$x = \frac{c(V_1 - V_2) \times 0.04008}{m \times \frac{20}{250}} \times 100 \qquad (3-9)$$

式中　c——测定及空白试验时，EDTA 标准滴定溶液浓度，mol/L；

　　　V_1——测定时，使用 EDTA 标准滴定溶液体积，mL；

　　　V_2——空白试验时，使用 EDTA 标准滴定溶液体积，mL；

　0.04008——与 1.00mL 的浓度为 1.000mol/L 的 EDTA 标准滴定溶液相当的钙质量，g/mmol；

　　　m——试料质量，g。

取平行测定结果的算术平均值作为测定结果。

（6）允许差

① 平行测定结果的绝对差值不大于 0.30%。

② 不同实验室测定结果的绝对差值不大于 0.40%。

氨化硝酸钙中钙测定原始记录 No：_____

检验日期		年 月 日	样品编号		
天平编号		滴定管编号		吸管编号	
室温		℃	相对湿度		％
项目	单位	1	2	1	2
称量瓶＋试样质量	g				
称量瓶质量	g				
试料质量（m_0）	g				
吸取试液体积	mL				
溶液温度	℃				
滴定管末读数	mL				
滴定管初读数	mL				
滴定管补正值	mL				
溶液温度校正值	mL				
实际消耗溶液体积（V_1）	mL				
计算结果	％				
平均值	％				
绝对差值	％				

计算公式：

$$x(钙) = \frac{c(V_1 - V_{01}) \times 0.04008}{m_0 \times \frac{20}{250}} \times 100$$

说明：

$c =$ _____ mol/L

$V_{01} =$ _____ mL

备注：

检验人		复核人	

思考题

3-1 试述钾含量测定过程中应注意哪些事项以防止产生可能的误差。

3-2 试述 EDTA 滴定法测定复混肥料中钙、镁含量时加入各试剂的作用。

3-3 试述 $BaSO_4$ 重量法测定复混肥料中硫含量时加入试剂及操作步骤的作用。

3-4 简述蒸馏法测定的原理。

3-5 试述喹钼柠酮的组成及各组分的作用。

3-6 试述测定复混肥料中总氮含量时应注意哪些事项。

3-7 解释磷的测定过程水提取水溶性磷时"加 1＋1 硝酸酸化"和沉淀"加热至微沸"的目的。

3.2　仪器分析

3.2.1　尿素中的水分测定（卡尔·费休法）

(1) 原理　存在于试料中的水分，与已知水滴定度的卡尔·费休试剂进行定量反应，反应式如下：

$$H_2O+I_2+SO_2+3C_5H_5N \longrightarrow 2C_5H_5N \cdot HI+C_5H_5N \cdot SO_3$$

$$C_5H_5N \cdot SO_3+CH_3OH \longrightarrow C_5H_5NH \cdot OSO_2OCH_3$$

(2) 采用方法　GB/T 2441.3—2001《水分的测定卡尔·费休法》。

(3) 试剂　分析中，除非另有说明，限用分析纯试剂、蒸馏水或相同纯度的水。

① 卡尔·费休试剂（市场有售）。

② 不含吡啶的卡尔·费休试剂，配制方法如下。

置 63g 碘于干燥的 1L 带塞的棕色瓶中，加入 600mL 甲醇再加入已于 120℃干燥至恒重的 25g 无水碘化钠和 85g 乙酸钠，塞上瓶塞，振荡至碘及其盐类溶解（溶液 A）。

通二氧化硫气体于冰水冷却的甲醇中，使二氧化硫气体的浓度为 $c(SO_2)=$ 4mol/L（溶液 B）。

加 90mL 溶液 B（含二氧化硫 23g）于溶液 A 中，再用甲醇稀释至 1L，混匀，置于暗处备用。

③ 甲醇。

(4) 仪器　卡尔·费休直接电量滴定仪器。

(5) 实验操作步骤

① 卡尔·费休试剂的标定：用水标定试剂对水的滴定度 T。由微量注射器

注射 $10\mu L$ 纯水到滴定容器中。用待标定的卡尔·费休试剂滴定加入的已知量水，到电流计指针达到一定的偏斜度，并至少保持稳定 $1min$，记录消耗卡尔·费休试剂的体积（%）（V'）。

卡尔·费休试剂用水标定试剂对水的滴定度 T，以 mg/mL 表示，按式（3-10）计算：

$$T=\frac{10}{V'} \tag{3-10}$$

② 测定。用称量管称量 $1\sim 5g$ 试样，精确到 $0.001g$，要求称取的试料量消耗卡尔·费休试剂体积不超过 $10mL$。

通过卡尔·费休仪器的排泄嘴，将滴定容器中残液放完，加 $50mL$ 甲醇于滴定容器中，甲醇用量须足以淹没电极，打开电磁搅拌器，与标定卡尔·费休试剂一样，用卡尔·费休试剂滴定至电流计产生与标定时同样的偏斜，并保持稳定 $1min$。

打开加料口橡皮塞，迅速将已称量过的称量管中试料倒入滴定容器中，立即盖好橡皮塞，搅拌至试料溶解，用卡尔·费休试剂如上滴定至终点，记录所消耗卡尔·费休试剂的体积（V）。

称量加完试料称量管的质量，以确定所用试料的质量（m）。

（6）分析结果的表述　试料中水分（x），以水（H_2O）质量百分数表示，按式（3-11）计算：

$$x=\frac{TV\times 100}{m\times 1000}=\frac{TV}{m\times 10} \tag{3-11}$$

式中　V——滴定消耗卡尔·费休试剂的体积，mL；

　　　T——卡尔·费休试剂对水的滴定度，mg/mL；

　　　m——试料的质量，g。

取平行测定结果的算术平均值为测定结果，所得结果应表示至两位小数。

（7）允许差　平行测定结果的绝对差值不大于 0.03%。

（8）注意事项

① 配制卡尔·费休试剂所用试剂均应事先脱水，所用容器均应干燥。配好的试剂密封后保存于低温避光处。

② 尿素在甲醇-卡尔·费休滴定溶液中的溶解有一定限度，应经常更换新的甲醇溶液。

③ 仪器使用时应注意：甲醇量必须浸没电极，但不必太多，搅拌速度尽量快，但不能快到出现旋涡，露出电极。搅拌速度一经选好，就应固定。终点的确定以指针偏转后稳定 $1min$ 不退回去为终点。如果铂电极钝化时，可用高氯酸或浓硝酸（可加少量三氯化铁）浸泡过夜。

尿素中水分含量测定（卡尔费休法）原始记录   No：＿＿＿＿

检验日期	年　月　日		样品编号	
天平编号			所用仪器编号	
室温		℃	相对湿度	%

项　目		单位	1	2	3	4
称量瓶＋试样质量		g				
称量瓶质量		g				
试料质量（m）		g				
消耗卡氏试剂体积（V）		mL				
水的滴定度标定	消耗卡氏试剂体积	mL				
	平均值					
	水的滴定度（T）	mg/mL				
计算结果（H_2O）		%				
平均值（H_2O）		%				
绝对差值		%				

计算公式：

$$x = \frac{TV}{m \times 10}$$

说明：

备注：

检验人		复核人	

3.2.2 复混肥料、有机-无机复混肥料中的水分测定（卡尔·费休法）

（1）原理　试样中的游离水与已知水的滴定度的卡尔·费休试剂进行定量反应，反应式如下：

$$H_2O+I_2+SO_2+3C_5H_5N \longrightarrow 2C_5H_5N \cdot HI+C_5H_5N \cdot SO_3$$

$$C_5H_5N \cdot SO_3+CH_3OH \longrightarrow C_5H_5NH \cdot OSO_2OCH_3$$

（2）采用方法　GB/T 8577—2002《复混肥料中游离水含量的测定 卡尔·费休法》。

（3）试剂

① 5A 分子筛：直径 3～5mm 颗粒，用作干燥剂。使用前，于 500℃下焙烧 2h 并在内装分子筛的干燥器中冷却。使用过的分子筛可用水洗涤、烘干、焙烧再生后备用。

② 甲醇：水含量的质量分数≤0.05％，如试剂含水量的质量分数＞0.05％，于 500mL 甲醇中加入 5A 分子筛约 50g，塞上瓶塞，放置过夜，吸取上层清液使用。

③ 二氧六环：经脱水处理，方法同甲醇。

④ 无水乙醇：经脱水处理，方法同甲醇。

⑤ 卡尔·费休试剂（市场有售）。

注：无吡啶的卡尔·费休改进试剂也可使用。

（4）仪器　卡尔·费休直接电量滴定仪器。

（5）实验操作步骤

① 卡尔·费休试剂的标定（用水标定试剂对水的滴定度 T）。由微量注射器注射 10μL 纯水到滴定容器中。用待标定的卡尔·费休试剂滴定加入的已知量水，到电流计指针达到一定的偏斜度，并至少保持稳定 1min，记录消耗卡尔·费休试剂的体积（％）（V'）。

卡尔·费休试剂用水标定试剂对水的滴定度 T，以 mg/mL 表示，按式 (3-12) 计算：

$$T=\frac{10}{V'} \tag{3-12}$$

② 测定。于 125mL 带橡皮塞的锥形瓶中，精确称取游离水含量不大于 150mg 的实验室样品 1.5～2.5g，精确至 0.0001g，盖上瓶塞，用注射器注入 50.0mL 二氧六环（除仲裁必须使用外，一般情况下，可用无水乙醇或甲醇代替），摇动或振荡数分钟，静置 15min，再摇动或振荡数分钟，待试样稍微沉降后，取部分溶液于带橡皮塞的离心管中离心。

通过排泄嘴将滴定容器中残液放完，加 50mL 甲醇于滴定容器中，甲醇用量须足以淹没电极，接通电源，打开电磁搅拌器，与标定卡尔·费休试剂一样，用卡尔·费休试剂滴定至电流计产生与标定时同样的偏斜，并保持稳定 1min。

用注射器从离心管中取出 10.0mL 二氧六环萃取液，经加料口注入滴定容器中，用卡尔·费休试剂滴定至终点，记录所消耗的卡尔·费体试剂的体积 (V_1)。

用二氧六环作萃取剂时，应在三次滴定后将滴定容器中残液放完，加入甲醇，用卡尔·费休试剂滴定至同样终点。其后进行下一次测定。

以同样方法，测定 10.0mL 二氧六环所消耗的卡尔·费休试剂的体积 (V_2)。

(6) 分析结果的表述　试料中游离水含量以质量分数 x (游离水)(%) 表示，按式 (3-13) 计算：

$$x(游离水)=\frac{5\times T(V_1-V_2)}{10\times m}=\frac{(V_1-V_2)T}{2\times m} \tag{3-13}$$

式中　V_1——滴定 10.0mL 二氧六环萃取溶液所消耗的卡尔·费休试剂的体积，mL；

V_2——滴定 10.0mL 二氧六环所消耗的卡尔·费休试剂的体积，mL；

T——卡尔·费休试剂对水的滴定度，mg/mL；

m——试料的质量，g。

取平行测定结果的算术平均值作为测定结果。

(7) 允许差

① 游离水的质量分数 W(游离水)≤2.0% 时，平行测定结果的绝对差值应≤0.30%；

② 游离水的质量分数 W(游离水)>2.0% 时，平行测定结果的绝对差值应≤0.40%。

(8) 注意事项

① 萃取后用卡尔·费休试剂滴定法测定时由于复混肥料成分复杂，不少组分中含有结晶水，有些成分尚能与卡尔·费休试剂产生定量反应（如碳酸盐等），因此萃取液必须经高速离心分离后才能测定，不然会使数据偏高。

② 由于二氧六环只萃取游离水，不萃取结晶水。在使用时，应严格控制试样在一定水分含量内，使其完全被萃取，以 50mL 二氧六环计，最大萃取量为 150mg 水。允许使用无水甲醇或乙醇萃取，在此情况下，水分略有偏高。

复混肥料
有机-无机复混肥料 中水分含量测定(卡尔·费休法)原始记录　　No：_____

检验日期		年　月　日		样品编号			
天平编号				所用仪器编号			
室温		℃		相对湿度			%

项　目		单位	1	2	3	4
称量瓶＋试样质量		g				
称量瓶质量		g				
试料质量(m)		g				
消耗卡氏试剂体积(V_1)		mL				
水的滴定度标定	消耗试剂体积	mL				
	平均值					
	水的滴定度(T)	mg/mL				
计算结果(H_2O)		%				
平均值(H_2O)		%				
绝对差值		%				

计算公式：

$$x = \frac{(V_1 - V_2)T}{2 \times m}$$

说明：

　$V_2 = $_____ mL

备注：

检验人		复核人	

3.2.3 尿素中缩二脲含量的测定（分光光度法）

（1）原理　缩二脲在硫酸铜、酒石酸钾钠的碱性溶液中生成紫红色配合物，在波长为550nm处测定其吸光度。

（2）采样方法　GB/T 2441.2—2001《尿素测定方法　缩二脲含量的测定　分光光度法》。

（3）试剂和溶液

① 硫酸铜溶液，15g/L。

② 酒石酸钾钠碱性溶液，50g/L。

③ 缩二脲标准溶液，2.00g/L。

（4）仪器　一般实验室仪器和如下仪器。

① 水浴 30℃±5℃。

② 分光光度计，带有 3cm 的吸收池。

（5）实验操作步骤

① 标准曲线的绘制。

a. 标准比色溶液的制备。按表 3-2 所示，将缩二脲标准溶液注入 8 个 100mL 量瓶中。

表 3-2　缩二脲标准溶液加入量

缩二脲标准溶液体积/mL	缩二脲的对应量/mg	缩二脲标准溶液体积/mL	缩二脲的对应量/mg
0	0	15.0	30
2.5	5	20.0	40
5.0	10	25.0	50
10.0	20	30.0	60

每个量瓶用水稀释至约50mL，然后依次加入 20.0mL 酒石酸钾钠碱性溶液和 20.0mL 硫酸铜溶液，摇匀，稀释至刻度，把量瓶浸入 30℃±5℃的水浴中约 20min，不时摇动。

b. 吸光度测定。在30min内，以缩二脲为零的溶液作为参比溶液，在波长550nm处，用分光光度计测定标准比色溶液的吸光度。

c. 标准曲线的绘制。以100mL标准比色溶液中所含缩二脲的质量（mg）为横坐标，相应的吸光度为纵坐标作图，或求曲线回归方程。

② 测定。

a. 试液制备。根据尿素中缩二脲的不同含量，确定称样量见表3-3，精确至0.002g。然后将称好的试样仔细转移至100mL量瓶中，加少量水溶解（加水量不得大于50mL），依次加入 20.0mL 酒石酸钾钠碱性溶液和 20.0 mL 硫酸铜溶液，摇匀，稀释至刻度，将容量瓶浸入 30℃±5℃的水浴中约 20min，不时摇动。

表 3-3　不同缩二脲含量样品的称样量

缩二脲(x)/%	$x \leqslant 0.3$	$0.3 < x \leqslant 0.4$	$0.4 < x \leqslant 1.0$	$x > 1.0$
称取试料量/g	10	7	5	3

b. 空白试验。按上述操作步骤进行空白试验，除不用样品外，操作手续和应用的试剂与测定时相同。

c. 吸光度测定。与标准曲线绘制步骤相同，对试液和空白试验溶液进行吸光度的测定。

注：ⓐ 如果试液有色或浑浊有色，除按上述测定吸光度外，另于两只 100mL 量瓶中，各加入 20.0mL 酒石酸钾钠碱性溶液，其中一只加入与显色时相同体积的试料，将试液用水稀释至刻度，摇匀。

以不含试料的试液作为参比溶液，用测定时的同样条件测定另一份溶液的吸光度，在计算时扣除之。

ⓑ 如果试液只是浑浊，则加入 $[c(HCl)=1mol/L]$ 的盐酸溶液，剧烈摇动，用中速滤纸过滤，用少量水洗涤，将滤液和洗涤液定量收集于量瓶中，然后按试液的制备进行操作。

（6）分析结果的表述　从标准曲线查出所测吸光度对应的缩二脲的量或由曲线系数求出缩二脲的量。

试料中缩二脲含量（x），以缩二脲的质量百分数表示，按式（3-14）计算：

$$x = \frac{(m_1 - m_2) \times 10^{-3}}{m} \times 100 = \frac{m_1 - m_2}{m \times 10} \tag{3-14}$$

式中　m_1——试料中测得缩二脲的质量，mg；

　　　m_2——空白试验所测得的缩二脲的质量，mg；

　　　m——试料的质量，g。

取平行测定结果的算术平均值为测定结果，所得结果应表示至两位小数。

（7）允许差

① 平行测定结果的绝对差值不大于 0.05%。

② 不同实验室测定结果的绝对差值不大于 0.08%。

（8）注意事项

① 缩二脲应提纯。在缩二脲分析中，一个值得注意的问题，就是绘制标准曲线用的缩二脲的纯度，用不同纯度的缩二脲标准溶液绘制的标准曲线测定同一尿素样品中缩二脲含量会得出不同的结果，故缩二脲试剂需进行提纯。

② 比色皿应厚度相等，皿壁厚薄均匀，透光面应无灰尘、油污、划痕。比色皿应匹配。

③ 严格按规定要求称取样品量。

④ 显色温度应保持在 25～35℃。当室温低于 25℃时，水浴保温应把溶液全部浸于水浴中并不时摇动容量瓶中溶液，以保证显色溶液的温度全部达到要求的温度。显色时间最好在 30min 之内。

3.2.4 过磷酸钙中游离酸含量的测定（酸度计法）

（1）原理　用氢氧化钠标准滴定溶液滴定游离酸。根据消耗的氢氧化钠标准滴定溶液的量，求得游离酸含量。

（2）采用方法　HG/T 2740—1995《过磷酸钙》。

（3）试剂和材料

① 氢氧化钠标准滴定溶液：$c(NaOH)=0.1mol/L$。

② 溴甲酚绿指示液：2g/L。

⑷ 装置

① 通常实验室用仪器。

② 酸度计：±0.02pH。

③ 磁力搅拌器。

④ 10mL 或 25mL 碱式滴定管。

⑤ 振荡器：常温振荡器（往复式或回旋式），或有同样振荡效果的振荡器。

（5）实验分析操作步骤　称取 5g 试样（精确至 0.01g），移入 250mL 容量瓶中，加入 100mL 水，振荡 15min 后，稀释至刻度，混匀，干过滤，弃去最初滤液。

用单标线吸管吸取 50mL 滤液于 250mL 烧杯中，用水稀释至 150mL，置烧杯于磁力搅拌器上，将电极浸入被测溶液中，放入磁针，在已定位的酸度计上一边搅拌，一边用氢氧化钠标准滴定溶液滴定至 pH 值为 4.5。记下此刻所消耗的氢氧化钠标准溶液的体积。

（6）分析结果的表述　游离酸含量 x（以 P_2O_5 计）的质量分数（％）表示，按式（3-15）计算：

$$x=\frac{cV\times0.0710}{m\times\dfrac{V_1}{250}}\times100 \tag{3-15}$$

式中　c——氢氧化钠标准滴定溶液浓度，mol/L；

　　　V——滴定消耗氢氧化钠标准滴定溶液体积，mL；

　0.0710——与 1.00mL 的浓度为 1.000 mol/L 氢氧化钠标准滴定溶液相当的五氧化二磷质量，g；

　　　V_1——吸取试液的体积，mL；

　　　m——试料的质量，g。

尿素中缩二脲分光光度法测定原始记录　　No：_____

检验日期	年 月 日		样品编号			
天平编号			吸管编号			
室 温	℃		相对湿度		%	
仪器型号、编号			吸收池尺寸	cm	波长	nm
标准曲线制作原始记录见:表15No				斜率倒数 $1/b$		

项目	单位	1	2	
称量瓶＋试样质量	g			
称量瓶质量	g			
试样质量	g			
吸光度				
相应的含量	mg			
计算结果	%			
平均值	%			

计算公式：	说明：

备注：

检验人		复核人	

缩二脲标准比色曲线绘制原始记录　　No：＿＿＿＿＿

绘制日期		年　月　日		目的		
仪器型号、编号			吸收池尺寸		cm	波长　　　　nm
室温　　　℃		相对湿度　　　%		基准物名称及来源		
量瓶编号						
加入量/mg						
吸光度						
量瓶编号						
加入量/mg						
吸光度						

比色基准物烘干温度　　　℃,时间　　　　h

基准物称量配制记录：

数据处理结果（斜率倒数 1/b 或制图）：

说明：

检验人		复核人	

检验日期		年　月　日	样品编号			
天平编号		滴定管编号		吸管编号		
室温		℃	相对湿度			%
项　目	单位	1	2		3	4
称量瓶＋试样质量	g					
称量瓶质量	g					
试料质量(m)	g					
吸取试液总体积(V_1)	mL					
溶液温度	℃					
滴定管末读数	mL					
滴定管初读数	mL					
滴定管补正值	mL					
溶液温度校正值	mL					
实际消耗溶液体积(V)	mL					
计算结果	%					
平均值	%					
绝对差值	%					

计算公式：

$$x = \frac{c \times V \times 0.0710}{m \times \frac{V_1}{250}} \times 100$$

说明：

酸度计型号：_____

$c(\mathrm{NaOH}) = $ _____ mol/L

备注：

检验人		复核人	

取平行测定结果的算术平均值作为测定结果。

（7）允许差

① 允许差平行测定结果的绝对差不大于 0.15％。

② 不同实验室测定结果的绝对差值不大于 0.30％。

（8）注意事项

① 本方法属电位滴定法，根据滴定过程中指示电极电位的变化来确定滴定终点的，必须注意在接近化学计量点时滴定速度应减慢，并观察 pH 值的变化。

② 做好对 pH 电极日常维护保养工作，每次测定，必须对 pH 电极进行标定。

3.3 物性检测

3.3.1 粒状重过磷酸钙颗粒平均抗压碎力

（1）原理 选取规定粒度范围和一定数量的重过磷酸钙肥料颗粒，由逐颗测定其被压碎时所需的最小力，求得平均值。

（2）采用方法 HG 2224—1994《粒状重过磷酸钙颗粒平均抗压强度》。

（3）仪器

① 颗粒强度测定仪：灵敏度 0.5N。

② 镊子。

（4）实验操作步骤 任意选取粒度为 2.00～2.80mm 之间的重过磷酸钙 30 粒，逐颗测定被压碎时所需的最小力。

（5）分析结果的表述 以牛顿表示的颗粒平均抗压强度（X），按式（3-16）计算：

$$X = \frac{\sum\limits_{i=1}^{30} X_i}{30} \tag{3-16}$$

式中，X_i 为压碎每颗肥料所需的最小力，N。

（6）注意事项

① 本方法操作时应考虑环境条件，如环境湿度大，颗粒将吸潮直接影响测定结果。

② 注意应任意选取 30 粒颗粒，而不能特意挑选颗粒。

3.3.2 硝酸磷肥颗粒平均抗压碎力的测定

（1）原理 选取一定颗粒度、颗粒数的硝酸磷肥，测定每一颗硝酸磷肥的抗压碎力，取平均值。

颗粒平均抗压碎力测定原始记录   No：_____

检验日期		年　　月　　日		样品编号		
天平编号				强度仪型号		
室温		℃		相对湿度		%

No.	颗粒平均抗压碎力/N	No.	颗粒平均抗压碎力/N	No.	颗粒平均抗压碎力/N
1		11		21	
2		12		22	
3		13		23	
4		14		24	
5		15		25	
6		16		26	
7		17		27	
8		18		28	
9		19		29	
10		20		30	

计算结果/N	
计算公式	$$X = \dfrac{\sum\limits_{i=1}^{30} X_i}{30}$$
备注：	

检验人		复核人	

（2）采用方法　GB/T 10516《硝酸磷肥颗粒平均抗压碎力的测定》。

（3）仪器

① 通常实验室用仪器。

② 碎力测定仪：灵敏度 0.5N。

（4）实验操作步骤　取粒度为 2.00～2.80mm 之间的颗粒，任意选取 30 粒，逐一测定颗粒抗压碎力。

（5）分析结果的表述　硝酸磷肥的颗粒平均抗压碎力 $X(N)$，按式（3-17）计算：

$$X = \frac{\sum_{i=1}^{30} X_i}{30} \tag{3-17}$$

式中，X_i 为每一颗粒的抗压碎力，N。

（6）注意事项

① 本方法操作时应考虑环境条件，如环境湿度大，颗粒将吸潮直接影响测定结果。

② 注意应任意选取 30 粒颗粒，而不能特意挑选颗粒。

思考题

3-8　简述卡尔·费休试剂测定尿素中水分的注意事项。

3-9　测定缩二脲含量时应注意什么？

思考题答案

1-1　① 固体氢氧化钠是容易吸收空气中二氧化碳和水分形成碳酸钠的，很难确认其准确含量的试剂，不宜直接配制成待标定的氢氧化钠溶液。因此，先配制成氢氧化钠饱和溶液，放置 1 周后，以除去碳酸钠杂质，再吸取清液配制成待标的氢氧化钠溶液。

② 氢氧化钠配制应制成溶液浓度约 27mol/L，贮存在聚乙烯瓶中，用不含二氧化碳水配制的饱和溶液清澈，贮存过程中不易在瓶盖或溶液底部形成固体碳酸钠。

③ 标定好的氢氧化钠标准滴定溶液应贮存在带有碱石灰干燥管的密闭聚乙烯瓶中，防止吸入空气中的二氧化碳，否则少量碳酸根离子混在氢氧化钠溶液中，在碱滴定酸时，碳酸根也要消耗氢离子生成 HCO_3^-，影响测定结果。

④ 标定氢氧化钠溶液所用基准邻苯二甲酸氢钾如为结晶状，须先用玛瑙研钵研至粉状，干燥 2h，去除水分后使用，否则标定结果不易平行。

⑤ 标定结束计算应对滴定体积校正、标准滴定溶液浓度应换算为20℃时的浓度。

3-1 ① 被测试液的酸度控制，即加入氢氧化钠溶液量的控制。氮对钾测定有干扰，驱除氮的干扰主要是通过加入过量氢氧化钠溶液生成氢氧化铵再加热除去氨，如加入氢氧化钠溶液量不够，试液中的铵离子未驱除完全，将产生正偏差。

② 沉淀剂加入量。在被测试液中沉淀剂的浓度过量0.1%以下，结果偏低，而浓度过量0.4%以上，测定结果偏高。

③ 试液加热温度控制。若加热温度过高、时间过长，将会导致试液浓缩，钠离子浓度增加，也将产生正偏差。

④ 沉淀洗涤次数和用量应严格控制。四苯硼酸钾沉淀溶解度不是非常小，特别是室温较高时，洗涤次数和用量都要按规定操作，不能过多，否则结果会偏低。

⑤ 沉淀干燥温度。四苯硼酸钾沉淀干燥温度不应超出130℃，高于130℃沉淀会逐渐分解。

⑥ 配制四苯硼钠沉淀剂时应加入氢氧化钠和六水氯化镁用以除去杂质，同时可保持溶液稳定。

3-2 ① 适宜的酸碱度。用EDTA滴定金属离子应适宜的酸碱度。故在钙、镁两种离子共存的溶液中，加入KOH溶液，使pH>12，则镁离子生成氢氧化镁沉淀，此时可用EDTA滴定钙，加入氨-氯化铵缓冲溶液，使溶液pH值在10左右，可定量钙镁总量。

② 干扰的排除。溶液中加入乙二胺、三乙醇胺目的是使得各种金属离子被充分掩蔽，防止金属离子对指示剂的影响。加入淀粉溶液可阻止磷酸钙沉淀的凝聚，也消除了滴定终点的回头现象，使测定结果更加稳定、准确。

3-3 ① 加入盐酸的作用：为防止生成$BaCO_3$、$Ba_3(PO_4)_2$（或$BaHPO_4$）及$Ba(OH)_2$等沉淀，应在酸性溶液中进行沉淀。同时适当提高酸度，可以降低$BaSO_4$的相对过饱和度，有利于获得颗粒较大的纯净且易于过滤的沉淀。

② 加入EDTA的作用：用沉淀剂$BaCl_2$沉淀SO_4^{2-}时，如试液中有Fe^{3+}，则由于共沉淀，在得到$BaSO_4$的沉淀中常含有$Fe_2(SO_4)_3$，此时在加$BaCl_2$溶液沉淀之前，加入10g/L EDTA可掩蔽Fe^{3+}。

③ 加入过量的$BaCl_2$沉淀剂的作用：测定硫含量时，加入过量的$BaCl_2$沉淀剂，目的是利用Ba^{2+}的共同离子效应来降低$BaSO_4$的溶解度。

④ 沉淀保温1h的作用：主要是为了沉淀的陈化，使$BaSO_4$小晶体逐渐转变为大晶体，有利于沉淀的过滤与洗涤。陈化作用还能使沉淀变得更纯净，大晶

体的比表面积较小，吸附杂质质量少，同时，由于小晶体溶解，原来吸附、吸留或包藏的杂质，将重新进入溶液中，因而提高了沉淀的纯度。

⑤ 操作：在不断搅拌下慢慢地滴加沉淀剂，是以免局部相对饱和度太大。在热溶液中进行，可降低相对饱和度，且温度增高，可使吸附的杂质减少。采用倾斜法过滤，为了使滤纸不致迅速被沉淀堵塞，洗涤沉淀是为了洗去沉淀表面吸附的杂质和混杂在沉淀中的母液。用热水洗涤，则过滤较快，且能防止形成胶体。

3-4　蒸馏法的原理是：在过量氢氧化钠存在下，将铵盐分解为游离氨，蒸馏逸出后吸收在一定体积的酸标准溶液中，再用氢氧化钠标准滴定溶液滴定过量的吸收用标准酸，并同时做空白试验，由吸收耗用的酸，计算氮的含量。若以硫酸铵为例，其化学反应式如下：

$$(NH_4)_2SO_4 + 2NaOH \longrightarrow Na_2SO_4 + 2NH_3\uparrow + 2H_2O \qquad 蒸馏$$

$$2NH_3 + H_2SO_4 \longrightarrow (NH_4)_2SO_4 \qquad\qquad 吸收$$

$$2NaOH + H_2SO_4 \longrightarrow Na_2SO_4 + 2H_2O \qquad\qquad 滴定$$

以硫酸作为吸收液，滴定终点用甲基红与亚甲基蓝的混合指示剂。

3-5　喹钼柠酮的组成为喹啉、钼酸钠、柠檬酸、丙酮、硝酸。各组分的作用如下：

① 喹啉和钼酸钠是组成黄色沉淀磷钼酸喹啉的主要组分

$$(C_9H_7NH)_3PO_4 \cdot 12MoO_3 \cdot H_2O$$

② 丙酮的作用。

a. 丙酮存在，生成的黄色沉淀物理性能较好，易过滤，洗涤。

b. 丙酮存在，消除铵盐的干扰，丙酮会与铵离子作用而避免生成磷钼酸铵 $(NH_4)_3PO_4 \cdot 12MoO_3 \cdot 2H_2O$ 沉淀生成。

③ 柠檬酸作用。

a. 试液煮沸时防止钼酸钠水解析出游离钼酸所产生的干扰。

b. 在含柠檬酸试液中，磷钼酸铵沉淀溶解度比磷钼酸喹啉溶解度大，进一步避免铵盐干扰。

c. 由于柠檬酸与钼酸盐络合，使离解出来的钼酸根离子浓度只能与磷生成黄色磷钼酸喹啉沉淀而不能生成黄色硅钼酸喹啉沉淀，从而消除硅的干扰。

d. 柠檬酸用量过少，将使沉淀物理性能较差、不易过滤洗涤；柠檬酸用量太多，使沉淀生成不完全，故日本肥料分析中规定，待测试样溶液中，加入沉淀剂后的柠檬酸总量不超过 4.5 g。

④ 硝酸作用

a. 丙酮宜存在于氧化性介质中，故配制试剂，不用盐酸而用硝酸。

b. 溶液酸度必须控制在一定范围内，酸度过高，加热时作用猛烈，丙酮会氧化成羧酸，沉淀物理性能欠佳（容量法测定时较难溶解于氢氧化钠溶液中），酸度过低则沉淀不完全。溶液的酸度范围要求不严，一般以 1mol/L 左右为适宜。

3-6　① 还原与消化：还原时，加入铬粉和盐酸后，在室温下至少静置 5min，但不得超过 10min。消化要完全，消化的完全与否，主要取决于消化时的温度，温度过低，消化不完全；但过高的温度，会导致氨的损失。一般对热源的要求，要达到 7～7.5min 沸腾试验。所谓沸腾试验，即在蒸馏瓶中加入 250mL 蒸馏水，在电炉上加热，若在 7～7.5min 内，使 25℃的水达到激烈沸腾，则该电炉的供热达到消化要求。

② 蒸馏前应该检查各连接接头是否密封，在磨口处应涂以硅酯（不能使用凡士林），应用夹子或橡皮筋固定，以防止在蒸馏时接头松开，造成气体或液体外溢，而使结果偏低。

③ 应根据估计的试样中氮含量，称取一定量的试料，以保证蒸馏出的氨被吸收液定量吸收。导管应插入硫酸液面下。若使用双球吸收瓶，应注意吸收液的体积能达到液封。

④ 蒸馏烧瓶中宜加些多孔性质的碎瓷片、浮石或采用防暴沸装置，以阻止溶液的暴沸。但由于蒸馏是在强碱性溶液中进行，随着蒸馏次数的增加，烧瓶底会因腐蚀出现厚薄不匀，即使在加碎瓷片或浮石情况下也会暴沸，此时最好能更换新蒸馏瓶。

⑤ 为保证蒸馏完全，馏出液一般应达到 150mL 左右。

⑥ 应定期用新鲜制备的含 100 mg 氮的硫酸铵溶液核对蒸馏仪器的效率和测定方法的准确度。

3-7　加热至微沸：喹钼柠酮试剂只能与正磷酸根（PO_4^{3-}）而不与其他磷酸盐离子产生定量作用。因此对经过干燥工序加工后制成的复混肥料，一部分正磷酸盐可能脱水聚合，在提取液中可能存在如偏磷酸盐（PO_3^-），焦磷酸盐（$P_2O_7^{4-}$）等，故对所取测定磷的试液，应在加入沉淀剂前，在电炉上缓缓煮沸数分钟进行水解。加入喹钼柠酮试剂时溶液温度最好在 80℃左右，加入试剂后，温度降至 60℃左右，若温度过低容易形成物理性能较差沉淀。

1＋1 硝酸酸化：是因为当含钙的提取液 pH 值为 6 左右时，被提取液的磷易生成磷酸二钙沉淀。所以用水提取水溶性磷的提取液中，应加 1＋1 硝酸酸化。

3-8　① 配制卡尔·费休试剂所用试剂均应事先脱水，所用容器均应干燥。配好的试剂密封后保存于低温避光处。

② 卡尔·费休试剂对水的滴定度标定方法有三个：甲醇-水标准溶液；酒石

酸钠二水合物；微量注射器注入一定量蒸馏水。以微量注射器方法较方便。

③ 尿素在甲醇-卡尔·费休滴定溶液中的溶解有一定限度，应经常更换新的甲醇溶液。

④ 仪器使用量应注意：甲醇量必须浸没电极，但不必太多，搅拌速度尽量快，但不能快到出现旋涡，露出电极。搅拌速度一经选好，就应固定。终点的确定以指针偏转后稳定1min不退回去为终点。如果铂电极钝化时，可用高氯酸或浓硝酸（可加少量三氯化铁）浸泡过夜。

3-9　① 缩二脲应提纯。

② 标准曲线、分光光度计波长应经常校正。

③ 比色皿应厚度相等，皿壁厚薄均匀，透光面应无灰尘、油污、划痕。

④ 严格按标准要求称取样品量。

⑤ 显色条件的控制。在比色分析中，影响显色的条件有四个：显色剂用量、溶液酸度、显色温度、显色时间。具体到缩二脲分析中应注意用滴定管或移液管准确加入显色剂。显色温度应保持在 $25\sim35℃$。当室温低于 $25℃$ 时，水浴保温应把溶液全部浸于水浴中并不时摇动容量瓶中溶液，以保证显色溶液的温度全部达到要求的温度。显色时间最好在 $30min$ 之内。

第三部分　高　级

1 检验准备

仪器分析用标准溶液的制备

① 硼标准溶液：1mg/mL。

② 硼标准溶液：0.02mg/mL。吸取 5.0mL 浓度为 1mg/mL 的硼标准溶液于 250mL 石英量瓶中，用水稀释至刻度，混匀，使用时现配。

③ 钼标准溶液：1mg/mL。

④ 钼标准溶液：0.1mg/mL。吸取 10.0mL 浓度为 1mg/mL 的钼标准溶液于 100mL 量瓶中，用水稀释至刻度，混匀；使用时现配。

⑤ 砷标准溶液：0.1mg/mL。

⑥ 砷标准溶液：0.0025mg/mL。吸取 2.50mL 浓度为 0.1mg/mL 的砷标准溶液置于 100mL 量瓶中，用水稀释至刻度，混匀。此溶液 1mL 含砷 2.5μg，使用时制备。

⑦ 铜标准溶液：1mg/mL。

⑧ 铜标准溶液：0.1mg/mL。吸取 10.0mL 浓度为 1mg/mL 的铜标准溶液于 100mL 量瓶中，用水稀释至刻度，混匀。

⑨ 铁标准溶液：1mg/mL。

⑩ 铁标准溶液：0.1mg/mL。吸取 10.0mL 浓度为 1mg/mL 的铁标准溶液于 100mL 量瓶中，用水稀释至刻度，混匀。

⑪ 锰标准溶液：1mg/mL。

⑫ 锰标准溶液：0.1mg/mL。吸取 10.0mL 浓度为 1mg/mL 的锰标准溶液于 100mL 量瓶中，用水稀释至刻度，混匀。

⑬ 锌标准溶液：1mg/mL。

⑭ 锌标准溶液：0.01mg/mL。吸取 10.0mL 浓度为 1mg/mL 的锌标准溶液于 1000mL 量瓶中，用水稀释至刻度，混匀。

⑮ 镉标准溶液：1mg/mL。

⑯ 镉标准溶液：0.01mg/mL。吸取 10.0mL 浓度为 1mg/mL 的镉标准溶液于 1000mL 量瓶中，用盐酸溶液稀释至刻度，混匀。

⑰ 铅标准溶液：1mg/mL。

⑱ 铅标准溶液：0.1mg/mL。吸取 10.0mL 浓度为 1mg/mL 的铅标准溶液于 100mL 量瓶中，用盐酸溶液稀释至刻度，混匀。

⑲ 铬标准溶液：1mg/mL。

⑳ 铬标准溶液：0.1mg/mL。吸取 10.0mL 浓度为 1mg/mL 的铬标准溶液于 100mL 量瓶中，用盐酸溶液稀释至刻度，混匀。

㉑ 汞标准溶液：0.1mg/mL。称取 0.1354g 氯化汞（$HgCl_2$）于 250mL 烧杯中，用汞标固定溶液溶解后移入 1000mL 棕色量瓶中，再用汞标固定液稀释至刻度，混匀。

㉒ 汞标准溶液：5μg/mL。吸取 25.0mL 浓度为 0.1mg/mL 的汞标准溶液于 500mL 棕色量瓶中，用汞标固定液稀释至刻度，混匀。

㉓ 汞标准溶液：0.5μg/mL。吸取 10.0mL 浓度为 0.1mg/mL 的汞标准溶液于 100mL 棕色量瓶中，用汞标固定液稀释至刻度，混匀。

2 检测与测定

2.1 化学分析

2.1.1 有机-无机复混肥料中有机质含量的测定

（1）原理 用一定量的重铬酸钾-硫酸溶液，在加热条件下，使有机-无机复混肥料中的有机碳氧化，剩余的重铬酸钾溶液用硫酸亚铁（或硫酸亚铁铵）标准滴定溶液滴定，同时作空白试验。根据氧化前后氧化剂消耗量，计算出有机碳含量，将有机碳含量乘以经验常数 1.724 换算为有机质。

（2）采用方法 GB 18877—2002《有机-无机复混肥料》。

（3）试剂和材料

① 硫酸。

② 硫酸溶液：1+1。

③ 重铬酸钾-硫酸溶液：$c\left(\frac{1}{6}K_2Cr_2O_7\right)=0.4mol/L$。称取重铬酸钾 39.23g 溶于 $600\sim800mL$ 水中，加水稀释至 1L。将溶液移入 3L 大烧杯中。另取 1L 硫酸缓慢加到重铬酸钾溶液内，混匀、冷却后，贮于试剂瓶中备用。

④ 硫酸亚铁（或硫酸亚铁铵）标准滴定溶液：$c(Fe^{2+})=0.25mol/L$。称取硫酸亚铁（$FeSO_4\cdot7H_2O$）70g〔或硫酸亚铁铵〔$(NH_4)_2SO_4\cdot FeSO_4\cdot6H_2O$〕100g〕，溶于 900mL 水中，加入硫酸 20mL，用水稀释至 1L（必要时过滤），摇匀后贮于棕色瓶中。此溶液易被空气氧化，故每次使用时必须用重铬酸钾基准溶液标定。在溶液中加入两条洁净的铝片，可保持溶液浓度长期稳定。

硫酸亚铁（或硫酸亚铁铵）标准滴定溶液的标定：准确吸取 25.0mL 重铬酸钾基准溶液于 250mL 三角瓶中，加 $50\sim60mL$ 水、10mL 硫酸溶液和邻菲罗啉指示剂 $3\sim5$ 滴，用硫酸亚铁（或硫酸亚铁铵）标准滴定溶液滴定，被滴定溶液由橙色转为亮绿色，最后变为砖红色为终点。根据硫酸亚铁（或硫酸亚铁铵）标准滴定溶液的消耗量，计算其准确浓度 c_2，按式（2-1）计算：

$$c_2=\frac{c_1V_1}{V_2} \tag{2-1}$$

式中　c_1——重铬酸钾基准溶液的浓度，mol/L；

V_1——吸取重铬酸钾基准溶液的体积，mL；

V_2——滴定消耗硫酸亚铁（或硫酸亚铁铵）标准滴定溶液的体积，mL。

⑤ 重铬酸钾基准溶液：$c\left(\dfrac{1}{6}K_2Cr_2O_7\right)=0.2500mol/L$。称取经 120℃ 干燥 4h 的基准重铬酸钾 12.2577g，先用少量水溶解，然后转移入 1L 量瓶中，用水稀释至刻度，混匀。

⑥ 邻菲罗啉指示剂。

⑦ 铝片（化学纯）。

（4）仪器

① 通常实验室用仪器。

② 水浴锅。

（5）实验操作步骤　称取试样 0.1～1.0g（精确至 0.0001g）（含有机碳不大于 20mg），放入 250mL 三角瓶中，准确加入 25.0mL 重铬酸钾-硫酸溶液，并于三角瓶口加一弯颈小漏斗，然后放入已沸腾的 100℃ 沸水浴中，保温 30min（保持水沸腾），取下，冷却后，用水冲洗三角瓶，瓶中溶液总体积应控制在 75～100mL，加 3～5 滴邻菲罗啉指示剂，用硫酸亚铁（或硫酸亚铁铵）标准滴定溶液滴定，被滴定溶液由橙色转为亮绿色，最后变成砖红色为滴定终点。同时做空白试验。

如果滴定试料所用硫酸亚铁（或硫酸亚铁铵）标准滴定溶液的用量不到空白试验所用硫酸亚铁（或硫酸亚铁铵）标准滴定溶液用量的 $\dfrac{1}{3}$ 时，则应减少称样量，重新测定。

关于氯离子干扰，按《有机-无机复混肥料中氯离子含量测定方法》规定的步骤测定氯离子含量 $w_1(\%)$，然后从有机碳测定结果中加以扣除。

（6）分析结果的表述　有机质含量 w_2，以质量分数（%）表示，按式（2-2）计算：

$$w_2=\left[\frac{(V_3-V_4)c_2\times0.003\times1.5}{m_0}\times100-\frac{w_1}{12}\right]\times1.724 \tag{2-2}$$

式中　V_3——空白试验时，消耗硫酸亚铁（或硫酸亚铁铵）标准滴定溶液的体积，mL；

V_4——测定试料时，消耗硫酸亚铁（或硫酸亚铁铵）标准滴定溶液的体积，mL；

c_2——硫酸亚铁（或硫酸亚铁铵）标准滴定溶液的浓度，mol/L；

0.003——与 1.00mL 的浓度为 1.000mol/L 硫酸亚铁（或硫酸亚铁铵）标准

滴定溶液相当的碳质量，g；

    1.5——氧化校正系数；

    w_1——试样中氯离子含量，%；

    $\dfrac{1}{12}$——与1%氯离子相当的有机碳的质量分数；

    m_0——试料的质量，g；

1.724——有机碳与有机质之间的经验转换系数。

取平行测定结果的算术平均值为测定结果。

（7）允许差

① 平行测定结果的绝对差值不大于1.0%。

② 不同实验室测定结果的绝对差值不大于1.5%。

（8）注意事项

① 配制重铬酸钾-硫酸溶液时要小心，因为要用到浓硫酸，而且操作时只能将硫酸加入到重铬酸钾溶液中。

② 标定硫酸亚铁溶液时应做5次平行测定，取平行测定的算术平均值作为测定结果，标定时所用的 V_1 和 V_2 须作体积和温度校正。

③ 称样量是根据有机碳的量而不是有机质的量来计算的。

④ 测定及空白试验所消耗硫酸亚铁（或硫酸亚铁铵）标准滴定溶液的体积 V_3、V_4 必须要经过体积校正和温度校正。

⑤ 称样量是根据有机碳的量而不是有机质的量来计算的，有机碳含量乘以经验常数1.724为有机质含量。一般来说，称取的试样中有机碳含量不应大于20mg。消煮好的溶液颜色，一般应是黄色或黄色中稍带绿色，如果以绿色为主，则说明称样量太大，有氧化不完全的可能。

⑥ 加重铬酸钾-硫酸溶液时需用移液管，由于浓度大，有明显的黏滞性，必须慢慢加入，且控制好各个样品间的流放速度与时间尽量一致以减少操作误差。

⑦ 由于使用的重铬酸钾-硫酸溶液的浓度较高，滴定终点的颜色变化与标准中的描述略有不同，消煮后溶液的颜色呈深橙色，滴定时溶液颜色由深橙色转为墨绿色，最后绿色消失变成深紫红色为滴定终点。

⑧ 空白试验除不加试料外，所用试剂和试验步骤与测定时相同，并与测定同时进行，每次测定都进行空白试验。空白试验也应做平行数据，取其平均值。

2.1.2 有机-无机复混肥料中氯离子含量的测定

（1）原理 试料在微酸性溶液中，加入过量的硝酸银溶液，使氯离子转化成

有机-无机复混肥料中有机质含量测定原始记录　　Ｎｏ：＿＿＿＿

检验日期	年 月 日		样品编号	
天平编号			滴定管编号	
室　温		℃	相对湿度	%

项　目	单　位	1	2	
称量瓶＋试样质量	g			
称量瓶质量	g			
试样质量（m_0）	g			
溶液温度	℃			
滴定管末读数	mL			
滴定管初读数.	mL			
滴定管补正值	mL			
溶液温度校正值	mL			
实际消耗溶液体积［V_4（V_3）］	mL			
计算结果（有机质）	%			
平均值（有机质）	%			

计算公式：

$$w_2 = \left[\frac{(V_3 - V_4)c_2 \times 0.003 \times 1.5}{m_0} \times 100 - \frac{w_1}{12}\right] \times 1.724$$

说明：

$V_3 = $ 　　mL 见表　Ｎｏ：＿＿＿＿

$w_1 = $ 　　%见表　Ｎｏ：＿＿＿＿

$c_2 = $ 　　mol/L 见表　Ｎｏ：＿＿＿＿

备注：

检验人		复核人	

为氯化银沉淀，用邻苯二甲酸二丁酯包裹沉淀，以硫酸铁铵为指示剂，用硫氰酸铵标准滴定溶液滴定剩余的硝酸银。

（2）采用方法　GB 18877—2002《有机-无机复混肥料》。

（3）试剂和材料

① 邻苯二甲酸二丁酯。

② 硝酸溶液：1+1。

③ 硝酸银溶液[$c(AgNO_3)=0.05mol/L$]：称取 8.7g 硝酸银，溶解于水中，稀释至 1000mL，贮存于棕色瓶中。

④ 氯离子标准溶液（1mg/mL）：准确称取 1.6487g 经 270～300℃烘干至恒重的基准氯化钠于烧杯中，用水溶解后，移入 1000mL 量瓶中，稀释至刻度，混匀，贮存于塑料瓶中。此溶液 1mL 含 1mg 氯离子（Cl^-）。

⑤ 硫酸铁铵指示液：80g/L，溶解 8.0g 硫酸铁铵于 75mL 水中，过滤，加几滴硫酸，使棕色消失，稀释至 100mL。

⑥ 硫氰酸铵标准滴定溶液[$c(NH_4SCN)=0.05mol/L$]：称取 3.8g 硫氰酸铵溶解于水中，稀释至 1000mL。

标定方法如下：准确吸取 25.0mL 氯标准溶液于 250mL 锥形瓶中，加入 5mL 硝酸溶液和 25.0mL 硝酸银溶液，摇动至沉淀分层，加入 5mL 邻苯二甲酸二丁酯，摇动片刻。加入水，使溶液总体积约为 100mL，加入 2mL 硫酸铁铵指示液，用硫氰酸铵标准滴定溶液滴定剩余的硝酸银，至出现浅橙红色或浅砖红色为止。同时进行空白试验。

硫氰酸铵标准滴定溶液的浓度 $c(mol/L)$ 按式（2-3）计算：

$$c=\frac{m_2}{0.03545(V_0-V_1)} \tag{2-3}$$

式中　V_0——空白试验（25.0mL 硝酸银溶液）所消耗硫氰酸铵标准滴定溶液的体积，mL；

$\quad\quad V_1$——滴定剩余的硝酸银所消耗硫氰酸铵标准滴定溶液的体积，mL；

$\quad\quad m_2$——所取氯离子标准溶液中氯离子的质量，g；

0.03545——与 1.00mL 硝酸银溶液 $c[(AgNO_3)=1.000mol/L]$ 相当的以克表示的氯离子质量。

（4）实验操作步骤　称取试样 1～10g（精确至 0.001g）（称样范围见下表）于 250mL 烧杯中，加 100mL 水，缓慢加热至沸，继续微沸 10min，冷却至室温，溶液转移到 250mL 量瓶中，稀释至刻度，混匀。干过滤，弃去最初的部分滤液。

氯离子（x）/%	$x<5$	$5\leqslant x\leqslant25$	$x>25$
称样量/g	10～5	5～1	1

准确吸取一定量的滤液（含氯离子约 25mg）于 250mL 锥形瓶中，加入 5mL 硝酸溶液，加入 25.0mL 硝酸银溶液，摇动至沉淀分层，加入 5mL 邻苯二甲酸二丁酯，摇动片刻。

加入水，使溶液总体积约为 100mL，加入 2mL 硫酸铁铵指示液，用硫氰酸铵标准溶液滴定剩余的硝酸银，至出现浅橙红色或浅砖红色为止。同时进行空白试验。

若滤液有颜色，应准确吸取一定量的滤液（含氯离子约 25mg）加 2~3g 活性炭，充分搅拌后过滤，并洗涤 3~5 次，每次用水约 5mL，收集全部滤液于 250mL 锥形瓶中。以下从"加入 5mL 硝酸溶液，加入 25.0mL 硝酸银溶液，……"进行测定。

对于活性炭无法脱色的样品，可减少称样量，称取 1~2g 试样，将试样放入内盛 2~4g（精确至 0.1g）爱斯卡混合试剂（以两份重的氧化镁及一份重的无水碳酸钠研细至小于 0.25mm 混匀）的瓷坩埚中，仔细混匀，再用 2g 爱斯卡混合试剂覆盖，将瓷坩埚送入 500℃±20℃ 的箱式电阻炉内灼烧 2h。将瓷坩埚从炉内取出冷却到室温，将其中的灼烧物转入 250mL 烧杯中，并用 50~60mL 热水冲洗坩埚内壁将冲洗液一并放入烧杯中。用倾泻法用定性滤纸过滤，用热水冲洗残渣 1~2 次，然后将残渣转移到漏斗中，再用热水仔细冲洗滤纸和残渣，洗至无氯离子为止（用 10g/L 硝酸银溶液检验），所有滤液都收集到 250mL 量瓶中，定容到刻度并摇匀。以下从"准确吸取一定量的滤液（含氯离子约 25mg）于 250mL 锥形瓶中，加入 5mL 硝酸溶液，加入 25.0mL 硝酸银溶液，……"进行测定。

（5）分析结果的表述　氯离子 x_2 的质量分数（%）按式（2-4）计算：

$$x_2 = \frac{(V_0 - V_2)c \times 0.03545}{m_3 D} \times 100 \tag{2-4}$$

式中　V_0——空白试验（25.0mL 硝酸银溶液）所消耗硫氰酸铵标准滴定溶液的体积，mL；

　　　V_2——滴定试液时所消耗硫氰酸铵标准滴定溶液的体积，mL；

　　　c——硫氰酸铵标准滴定溶液的浓度，mol/L；

　　　m_3——试料的质量，g；

　　　D——测定时吸取试液体积与试液的总体积之比；

0.03545——与 1.00mL 硝酸银溶液 $c[(AgNO_3) = 1.000 mol/L]$ 相当的以克表示的氯离子质量。

取平行测定结果的算术平均值为测定结果。

（6）允许差

① 平行测定结果的绝对差值（%）应符合表 2-1 要求：

表 2-1　平行测定结果的绝对差值

氯离子(x)/%	$x<5$	$5\leqslant x\leqslant25$	$x>25$
绝对差值/%	$\leqslant0.20$	$\leqslant0.30$	$\leqslant0.40$

② 不同实验室测定结果的绝对差值（%）应符合表 2-2 要求：

表 2-2　不同实验室测定结果的绝对差值

氯离子(x)/%	$x<5$	$5\leqslant x\leqslant25$	$x>25$
绝对差值/%	$\leqslant0.30$	$\leqslant0.40$	$\leqslant0.60$

（7）注意事项

① 硝酸银溶液应在棕色瓶中避光保存。

② 硫氰酸铵标准滴定溶液的有效期一般为三个月，标定时所用的 V_0、V_1 须经体积校正和温度校正。

③ 所消耗硫氰酸铵标准滴定溶液的体积 V_0、V_2 必须要经过体积校正和温度校正。

④ 用邻苯二甲酸丁酯包裹沉淀可减少氯化银沉淀转化为硫氰酸银沉淀的程度，在滴定过程中，开始可以剧烈摇动溶液，但在近终点时摇动不用太剧烈。

⑤ 若滤液有颜色，是指滤液的颜色呈橙红色或其他深色，干扰滴定的终点的判断，才需要加活性炭进行脱色。同时空白试验也需加活性炭。若颜色较浅，或该颜色不干扰滴定终点的判定，则可不加活性炭，免去过滤、洗涤活性炭的步骤。活性炭要选有吸附和脱色能力的颗粒状活性炭，便于过滤、洗涤。

思考题

2-1　有机-无机复混肥料中有机质测定时，为什么选用的是重铬酸钾氧化法而不是灼烧法？

2-2　简述重铬酸钾氧化法测定有机质含量的原理。

2-3　简述有机质含量测定时的注意事项。

2-4　测定有机质含量时如何消除尿素、亚铁及亚锰离子的干扰？

2-5　简述氯离子含量测定注意事项。

2.2　仪器分析

2.2.1　复混肥料中铜含量的测定

（1）原理　试样溶液中的铜，经原子化器将其转变成原子蒸气，产生的原子

94

有机-无机复混肥料中氯离子含量测定原始记录　　No：＿＿＿

检验日期		年 月 日	样品编号		
天平编号			滴定管编号		
室　温		℃	相对湿度		%

项　目	单　位	1	2		
称量瓶＋试样质量	g				
称量瓶质量	g				
试样质量(m)	g				
溶液温度	℃				
滴定管末读数	mL				
滴定管初读数	mL				
滴定管补正值	mL				
溶液温度校正值	mL				
实际消耗溶液体积(V_2)	mL				
计算结果(Cl^-)	%				
平均值(Cl^-)	%				

计算公式：

$$x_{(Cl^-)} = \frac{(V_0 - V_2)c \times 0.03545}{m \times D} \times 100$$

说明：

$V_0 =$　　　　　　mL 见表　No：＿＿＿

$c(NH_4SCN) =$　　　mol/L

$D =$　　　　　　mL/mL

备注：

检验人		复核人	

蒸气吸收从铜空心阴极灯射出的特征波长 324.6nm 的光，吸光度的大小与铜基态原子浓度成正比。

（2）采用方法　GB/T 14540—2003《复混肥料中铜、铁、锰、锌、硼、钼含量的测定》。

（3）试剂和材料

① 盐酸溶液：$c(HCl)=0.5mol/L$。

② 铜标准溶液：1mg/mL。

③ 铜标准溶液：0.1mg/mL。吸取 10.0mL 浓度为 1mg/mL 的铜标准溶液于 100mL 量瓶中，用水稀释至刻度，混匀。

④ 溶解乙炔。

（4）主要仪器

① 通常实验室用仪器。

② 原子吸收分光光度计，配有空气-乙炔燃烧器和铜空心阴极灯。

（5）实验操作步骤

① 试样溶液的制备。称取 5～8g 试样（精确至 0.001g），置于 400mL 高型烧杯中，加入 50mL 盐酸溶液，盖上表面皿，在电热板上煮沸 15min，取下，冷却至室温后转移到 250mL 量瓶中，用水稀释至刻度，混匀，干过滤，弃去最初几毫升滤液后，保留滤液供测定铜含量用。

空白溶液的制备：除不加试样外，其他步骤同前。

② 工作曲线的绘制。按表 2-3 所示，吸取 0.1mg/mL 的铜标准溶液分别置于 5 个 100mL 量瓶中，用盐酸溶液稀释至刻度，混匀。

表 2-3　铜标准溶液体积相应的铜的浓度

铜标准溶液体积/mL	相应铜的浓度/(μg/mL)
0	0
0.5	0.5
1.0	1.0
2.0	2.0
3.0	3.0

进行测定前，根据待测元素性质，参照仪器使用说明书，进行最佳工作条件选择。

然后，于波长 324.6nm 处，使用空气-乙炔氧化火焰，以铜含量为零的标准溶液为参比溶液，调节原子吸收分光光度计的吸光度为零后，测定各标准溶液的吸光度。

以各标准溶液的铜的浓度（μg/mL）为横坐标，相应的吸光度为纵坐标，绘制工作曲线。

③ 测定。将试样溶液不经稀释或根据铜含量将试样溶液用盐酸溶液稀释一定倍数后在与测定标准溶液相同的条件下，测得试样溶液的吸光度，在工作曲线上查出相应的铜浓度（μg/mL）。

④ 空白试验。采用空白溶液，其他步骤同样品测定。

(6) 分析结果的表述　铜（Cu）含量 x_1，以质量分数（%）表示，按式(2-5) 计算：

$$x_1 = \frac{(c_1 - c_{01}) \times 250 \times D_1}{m_1 \times 10^6} \times 100 \tag{2-5}$$

式中　c_1——由工作曲线查出的试样溶液中铜的浓度，μg/mL；

　　　c_{01}——由工作曲线查出的空白溶液中铜的浓度，μg/mL；

　　　250——试样溶液总体积，mL；

　　　D_1——测定时试样溶液的稀释倍数；

　　　m_1——试料的质量，g。

取平行测定结果的算术平均值为测定结果。

(7) 允许差　平行测定结果的相对偏差应符合表 2-4 要求：

表 2-4　平行测定结果的相对偏差　　　　　　　　单位：%

铜　含　量	相　对　偏　差
<0.010	≤50
0.010～0.100	≤30
>0.100	≤15

(8) 注意事项

① 应尽量避免所用试剂和器具中铜的混入。

② 仪器不同，样品中铜含量不同，所用工作曲线的测定范围不同，一般在 $0.2\sim20\mu$g/mL。铜的吸收波长除 324.6nm 附近外，还有 327.4nm 和 222.5nm，只是灵敏度偏低，分别是 324.6nm 的 0.5% 和 0.25%。

2.2.2　复混肥料中铁含量的测定

(1) 原理　试样溶液中的铁，经原子化器将其转变成原子蒸气，产生的原子蒸气吸收从铁空心阴极灯射出的特征波长 248.3nm 的光，吸光度的大小与铁基态原子浓度成正比。

(2) 采用方法　GB/T 14540—2003《复混肥料中铜、铁、锰、锌、硼、钼含

检验日期	年　月　日	样品编号	
天平编号		仪器编号	
室　温	℃	相对湿度	%

标准曲线制作原始记录见：No：_____				波长	nm

项　目	单　位	1	2		
称量瓶＋试样质量	g				
称量瓶质量	g				
试样质量（m）	g				
吸光度（A）					
试样溶液浓度（c）	mg/L				
空白溶液浓度（c_0）	mg/L				
稀释倍数（D）					
吸取体积（V）	mL				
计算结果	％				
平均值	％				

计算公式：

$$\frac{(c-c_0)\times250\times D}{m\times10^6}\times100 \text{ 或 } \frac{(c-c_0)\times100\times250}{m\times V\times10^6}\times100$$

备注：

检验人		复核人	

2

检测与测定

_____原子吸收标准曲线绘制原始记录   No：_____

绘制日期		年 月 日		标样编号		
室　温	℃	相对湿度	%	波　长		nm
仪器编号			标准溶液配制按			执行
量瓶编号	1	2	3	4	5	6	7
相应浓度/(mg/L)							
吸光度							

工作曲线绘制：

说明：

检验人		复核人	

量的测定》。

（3）试剂和材料

① 盐酸溶液：$c(HCl)=0.5mol/L$。

② 铁标准溶液：$1mg/mL$。

③ 铁标准溶液：$0.1mg/mL$。吸取 $10.0mL$ 浓度为 $1mg/mL$ 的铁标准溶液于 $100mL$ 量瓶中，用水稀释至刻度，混匀。

④ 溶解乙炔。

（4）主要仪器

① 通常实验室用仪器。

② 原子吸收分光光度计，配有空气-乙炔燃烧器和铁空心阴极灯。

（5）实验操作步骤

① 试样溶液的制备。称取 $5\sim8g$ 试样（精确至 $0.001g$），置于 $400mL$ 高型烧杯中，加入 $50mL$ 盐酸溶液，盖上表面皿，在电热板上煮沸 $15min$，取下，冷却至室温后转移到 $250mL$ 量瓶中，用水稀释至刻度，混匀，干过滤，弃去最初几毫升滤液后，保留滤液供测定铁含量用。

空白溶液的制备：除不加试样外，其他步骤同前。

② 工作曲线的绘制。按表 2-5 所示，吸取 $0.1mg/mL$ 的铁标准溶液分别置于 5 个 $100mL$ 量瓶中，用盐酸溶液稀释至刻度，混匀。

表 2-5　铁标准溶液体积相应的铁的浓度

铁标准溶液体积/mL	相应铁的浓度/($\mu g/mL$)
0	0
1.0	1.0
2.0	2.0
3.0	3.0
4.0	4.0

进行测定前，根据待测元素性质，参照仪器使用说明书，进行最佳工作条件选择。

然后，于波长 $248.3nm$ 处，使用空气-乙炔氧化火焰，以铁含量为零的标准溶液为参比溶液，调节原子吸收分光光度计的吸光度为零后，测定各标准溶液的吸光度。

以各标准溶液的铁的浓度（$\mu g/mL$）为横坐标，相应的吸光度为纵坐标，绘制工作曲线。

③ 测定。将试样溶液不经稀释或根据铁含量将试样溶液用盐酸溶液稀释一

定倍数后在与测定标准溶液相同的条件下，测得试样溶液的吸光度，在工作曲线上查出相应的铁浓度（$\mu g/mL$）。

④ 空白试验。采用空白溶液，其他步骤同样品测定。

（6）分析结果的表述

铁（Fe）含量 x_2，以质量分数（%）表示，按式（2-6）计算：

$$x_2 = \frac{(c_2 - c_{02}) \times 250 \times D_2}{m_1 \times 10^6} \times 100 \tag{2-6}$$

式中　c_2——由工作曲线查出的试样溶液中铁的浓度，$\mu g/mL$；

　　　c_{02}——由工作曲线查出的空白溶液中铁的浓度，$\mu g/mL$；

　　　250——试样溶液总体积，mL；

　　　D_2——测定时试样溶液的稀释倍数；

　　　m_1——试料的质量，g。

取平行测定结果的算术平均值为测定结果。

（7）允许差　平行测定结果的相对偏差应符合表 2-6 要求：

表 2-6　平行测定结果的相对偏差
单位：%

铁 含 量	相 对 偏 差
<0.010	≤50
0.010～0.100	≤30
>0.100	≤15

（8）注意事项

① 应尽量避免所用试剂和器具中铁的混入。

② 仪器不同，样品中铁含量不同，所用工作曲线的测定范围不同。

2.2.3　复混肥料中锰含量的测定

（1）原理　试样溶液中的锰，经原子化器将其转变成原子蒸气，产生的原子蒸气吸收从锰空心阴极灯射出的特征波长 279.5nm 的光，吸光度的大小与锰基态原子浓度成正比。

（2）采用方法　GB/T 14540—2003《复混肥料中铜、铁、锰、锌、硼、钼含量的测定》。

（3）试剂和材料

① 盐酸溶液：$c(HCl) = 0.5mol/L$。

② 锰标准溶液：1mg/mL。

③ 锰标准溶液：0.1mg/mL。吸取 10.0mL 浓度为 1mg/mL 的锰标准溶液

于 100mL 量瓶中，用水稀释至刻度，混匀。

④ 溶解乙炔。

（4）主要仪器

① 通常实验室用仪器。

② 原子吸收分光光度计，配有空气-乙炔燃烧器和锰空心阴极灯。

（5）实验操作步骤

① 试样溶液的制备。称取 5～8g 试样（精确至 0.001g），置于 400mL 高型烧杯中，加入 50mL 盐酸溶液，盖上表面皿，在电热板上煮沸 15min，取下，冷却至室温后转移到 250mL 量瓶中，用水稀释至刻度，混匀，干过滤，弃去最初几毫升滤液后，保留滤液供测定锰含量用。

空白溶液的制备：除不加试样外，其他步骤同前。

② 工作曲线的绘制。按表 2-7 所示，吸取 0.1mg/mL 的锰标准溶液分别置于 5 个 100mL 量瓶中，用盐酸溶液稀释至刻度，混匀。

表 2-7　锰标准溶液体积相应的锰的浓度

锰标准溶液体积/mL	相应锰的浓度/(μg/mL)
0	0
0.5	0.5
1.0	1.0
1.5	1.5
2.0	2.0

进行测定前，根据待测元素性质，参照仪器使用说明书，进行最佳工作条件选择。

然后，于波长 279.5nm 处，使用空气-乙炔氧化火焰，以锰含量为零的标准溶液为参比溶液，调节原子吸收分光光度计的吸光度为零后，测定各标准溶液的吸光度。

以各标准溶液的锰的浓度（μg/mL）为横坐标，相应的吸光度为纵坐标，绘制工作曲线。

③ 测定。将试样溶液不经稀释或根据锰含量将试样溶液用盐酸溶液稀释一定倍数后在与测定标准溶液相同的条件下，测得试样溶液的吸光度，在工作曲线上查出相应的锰浓度（μg/mL）。

④ 空白试验。采用空白溶液，其他步骤同样品测定。

（6）分析结果的表述　锰（Mn）含量 x_3，以质量分数（%）表示，按式（2-7）计算：

$$x_3 = \frac{(c_3 - c_{03}) \times 250 \times D_3}{m_1 \times 10^6} \times 100 \qquad (2\text{-}7)$$

式中　c_3——由工作曲线查出的试样溶液中锰的浓度，$\mu g/mL$；

　　　　c_{03}——由工作曲线查出的空白溶液中锰的浓度，$\mu g/mL$；

　　　　250——试样溶液总体积，mL

　　　　D_3——测定时试样溶液的稀释倍数；

　　　　m_1——试料的质量，g。

取平行测定结果的算术平均值为测定结果。

（7）允许差　平行测定结果的相对偏差应符合表 2-8 要求。

表 2-8　平行测定结果的相对偏差　　　　　　　　单位：%

锰含量	相对偏差
＜0.010	≤50
0.010～0.100	≤30
＞0.100	≤15

（8）注意事项

① 仪器不同，样品中锰含量不同，所用工作曲线的测定范围不同。

② 锰的吸收峰值靠近 279.5nm、279.9nm 和 280.1nm 波长处，因其中短波长的灵敏度高，所以最好采用 279.5nm 波长。

2.2.4　复混肥料中锌含量的测定

（1）原理　试样溶液中的锌，经原子化器将其转变成原子蒸气，产生的原子蒸气吸收从锌空心阴极灯射出的特征波长 213.9nm 的光，吸光度的大小与锌基态原子浓度成正比。

（2）采用方法　GB/T 14540—2003《复混肥料中铜、铁、锰、锌、硼、钼含量的测定》。

（3）试剂和材料

① 盐酸溶液：$c(HCl) = 0.5mol/L$。

② 锌标准溶液：1mg/mL。

③ 锌标准溶液：0.01mg/mL。吸取 10.0mL 浓度为 1mg/mL 的锌标准溶液于 1000mL 量瓶中，用水稀释至刻度，混匀。

④ 溶解乙炔。

（4）主要仪器

① 通常实验室用仪器。

② 原子吸收分光光度计，配有空气-乙炔燃烧器和锌空心阴极灯。

（5）实验操作步骤

① 试样溶液的制备。称取 $5\sim8g$ 试样（精确至 0.001g），置于 400mL 高型烧杯中，加入 50mL 盐酸溶液，盖上表面皿，在电热板上煮沸 15min，取下，冷却至室温后转移到 250mL 量瓶中，用水稀释至刻度，混匀，干过滤，弃去最初几毫升滤液后，保留滤液供测定锌含量用。

空白溶液的制备：除不加试样外，其他步骤同前。

② 工作曲线的绘制。按表 2-9 所示，吸取 0.01mg/mL 的锌标准溶液分别置于 5 个 100mL 量瓶中，用盐酸溶液稀释至刻度，混匀。

表 2-9　锌标准溶液体积相应的锌的浓度

锌标准溶液体积/mL	相应锌的浓度/(μg/mL)
0	0
0.5	0.05
1.0	0.10
2.0	0.20
4.0	0.40

进行测定前，根据待测元素性质，参照仪器使用说明书，进行最佳工作条件选择。

然后，于波长 213.9nm 处，使用空气-乙炔氧化火焰，以锌含量为零的标准溶液为参比溶液，调节原子吸收分光光度计的吸光度为零后，测定各标准溶液的吸光度。

以各标准溶液的锌的浓度（μg/mL）为横坐标，相应的吸光度为纵坐标，绘制工作曲线。

③ 测定。将试样溶液不经稀释或根据锌含量将试样溶液用盐酸溶液稀释一定倍数后在与测定标准溶液相同的条件下，测得试样溶液的吸光度，在工作曲线上查出相应的锌浓度（μg/mL）。

④ 空白试验。采用空白溶液，其他步骤同样品测定。

（6）分析结果的表述　锌（Zn）含量 x_4，以质量分数（%）表示，按式（2-8）计算：

$$x_4 = \frac{(c_4 - c_{04}) \times 250 \times D_4}{m_1 \times 10^6} \times 100 \qquad (2-8)$$

式中　c_4——由工作曲线查出的试样溶液中锌的浓度，μg/mL；

　　c_{04}——由工作曲线查出的空白溶液中锌的浓度，μg/mL；

250——试样溶液总体积，mL；

D_4——测定时试样溶液的稀释倍数；

m_1——试料的质量，g。

取平行测定结果的算术平均值为测定结果。

（7）允许差　平行测定结果的相对偏差应符合表 2-10 要求。

表 2-10　平行测定结果的相对偏差　　　　　　　　单位：%

锌　含　量	相　对　偏　差
＜0.010	≤50
0.010～0.100	≤30
＞0.100	≤15

（8）注意事项

① 玻璃器具、橡皮塞等中往往会混入锌，应尽量避免所用器具中锌的混入。

② 仪器不同，样品中锌含量不同，所用工作曲线的测定范围不同。

③ 锌溶液的 pH 值对吸光度有很大影响，pH 值越高，吸光度越低，在碱性溶液中灵敏度显著降低，所以要加酸至 $0.1\sim1.0$ mol/L，在此酸度范围内，灵敏度高且稳定。另外，中性溶液中，共存的盐类会使吸光度增高，这是中性溶液中产生锌的两性化合物的结果和火焰中受热解离的缘故。

2.2.5　有机-无机复混肥料中镉含量的测定

（1）原理　试样溶液中的镉，经原子化器将其转变成原子蒸气，产生的原子蒸气吸收从镉空心阴极灯射出的特征波长 228.8nm 的光，吸光度的大小与镉基态原子浓度成正比。

（2）采用方法　GB 18877—2002《有机-无机复混肥料》。

（3）试剂和材料

① 盐酸。

② 硝酸。

③ 盐酸溶液：1＋5。

④ 盐酸溶液：$c(HCl)=0.5$ mol/L。

⑤ 镉标准溶液：1mg/mL。

⑥ 镉标准溶液：0.01mg/mL。吸取 10.0mL 镉标准溶液于 1000mL 量瓶中，用盐酸溶液稀释至刻度，混匀。

⑦ 溶解乙炔或惰性气体（石墨炉法使用）。

（4）主要仪器

① 通常实验室用仪器。

② 原子吸收分光光度计（有背景校正装置），配有镉空心阴极灯和空气-乙炔燃烧器或石墨炉。

（5）实验操作步骤

① 试样溶液的制备。称取试样 5～8g（精确至 0.001g），置于 400mL 高型烧杯中，加入 30mL 盐酸和 10mL 硝酸，盖上表面皿在电热板上徐徐加热（若反应激烈产生泡沫时，自电热板上移开放冷片刻），等激烈反应结束后，稍微移开表面皿继续加热，使酸全部蒸发至近干涸，以赶尽硝酸。冷却后加入 50mL 盐酸溶液，加热溶解，冷却至室温后转移到 250mL 量瓶中，用水稀释至刻度，混匀，干过滤，弃去最初几毫升滤液，待用。

空白溶液的制备：除不加试样外，其他步骤同试样溶液的制备。

② 工作曲线的绘制。按表 2-11 所示，吸取镉标准溶液（0.01mg/mL）置于 6 个 100mL 量瓶中，用盐酸溶液稀释至刻度，混匀。

表 2-11　镉标准溶液体积相应的镉的浓度

镉标准溶液体积/mL	相应镉的浓度/(μg/mL)
0	0
0.5	0.05
1.0	0.1
2.0	0.2
4.0	0.4
8.0	0.8

进行测定前，根据待测元素性质，参照仪器使用说明书，进行最佳工作条件选择。

然后，于波长 228.8nm 处，使用空气-乙炔氧化火焰或石墨炉，以镉含量为零的标准溶液为参比溶液，调节原子吸收分光光度计的吸光度为零后，测定各标准溶液的吸光度。

以各标准溶液的镉的浓度（μg/mL）为横坐标，相应的吸光度为纵坐标，绘制工作曲线。

③ 测定。将试样溶液不经稀释或根据镉含量将试样溶液用盐酸溶液稀释一定倍数后，在与测定标准溶液相同的条件下，测得试样溶液的吸光度，在工作曲线上查出相应的镉浓度（μg/mL）。

④ 空白试验。采用空白溶液，其他步骤同样品测定。

（6）分析结果的表述　镉（Cd）含量 x_3，以质量分数（％）表示，按式

(2-9) 计算：

$$x_3 = \frac{(c_3 - c_{03}) \times 250 \times D_1}{m_3 \times 10^6} \times 100 \qquad (2-9)$$

式中　c_3——由工作曲线查出的试样溶液中镉的浓度，$\mu g/mL$；

　　　c_{03}——由工作曲线查出的空白溶液中镉的浓度，$\mu g/mL$；

　　　250——试样溶液总体积，mL；

　　　D_1——测定时试样溶液的稀释倍数；

　　　m_3——试料的质量，g。

取平行测定结果的算术平均值为测定结果。

（7）允许差　平行测定结果的相对偏差应符合表 2-12 要求：

表 2-12　平行测定结果的相对偏差　　　　　　　　　　单位：%

镉 含 量	允许相对偏差
≤0.0001	100
0.0001～0.0020	50
≥0.0020	25

（8）注意事项

① 溶解乙炔用于火焰分光光度法中，惰性气体可以是氮气或氩气，在石磨炉法中使用。

② 仪器的最佳工作条件包括燃烧头高度和位置、燃气和助燃气体的压力和流量比、吸喷量、火焰类型等参数。

③ 每次测定时都应先进行标准溶液的测定。

④ 空白试验应与样品测定同时进行。

⑤ 标准溶液测定时应按浓度从低到高依次进行；若样品中镉含量太高，直接测定时超出标准溶液的浓度范围，此时应将样品溶液稀释后再测定，具体操作是：吸取一定量试样溶液置于 100mL 量瓶中，用盐酸溶液稀释至刻度，混匀后再进行测定。

2.2.6　有机-无机复混肥料中铅含量的测定

（1）原理　试样溶液中的铅，经原子化器将其转变成原子蒸气，所产生的原子蒸气吸收从铅空心阴极灯射出的特征波长 283.3nm 的光，吸光度的大小与铅基态原子浓度成正比。

（2）采用方法　GB 18877—2002《有机-无机复混肥料》。

（3）试剂和材料

① 盐酸。

② 硝酸。

③ 盐酸溶液：1+5。

④ 盐酸溶液：$c(HCl)=0.5mol/L$。

⑤ 铅标准溶液：1mg/mL。

⑥ 铅标准溶液：0.1mg/mL。吸取 10.0mL 铅标准溶液于 100mL 量瓶中，用盐酸溶液稀释至刻度，混匀。

⑦ 溶解乙炔或惰性气体（石墨炉法使用）。

（4）主要仪器

① 通常实验室用仪器。

② 原子吸收分光光度计，配有铅空心阴极灯和空气-乙炔燃烧器或石墨炉。

（5）实验操作步骤

① 试样溶液的制备。称取试样 5～8g（精确至 0.001g），置于 400mL 高型烧杯中，加入 30mL 盐酸和 10mL 硝酸，盖上表面皿在电热板上徐徐加热（若反应激烈产生泡沫时，自电热板上移开放冷片刻），等激烈反应结束后，稍微移开表面皿继续加热，使酸全部蒸发至接近干涸，以赶尽硝酸。冷却后加入 50mL 盐酸溶液，加热溶解，冷却至室温后转移到 250mL 量瓶中，用水稀释至刻度，混匀，干过滤，弃去最初几毫升滤液，待用。

空白溶液的制备：除不加试样外，其他步骤同试样溶液的制备。

② 工作曲线的绘制。按表 2-13 所示，吸取铅标准溶液（0.1mg/mL）分别置于 5 个 100mL 量瓶中，用盐酸溶液稀释至刻度，混匀。

表 2-13 铅标准溶液体积相应的铅的浓度

铅标准溶液体积/mL	相应铅的浓度/(μg/mL)
0	0
1.0	1.0
2.0	2.0
4.0	4.0
8.0	8.0

进行测定前，根据待测元素性质，参照仪器使用说明书，进行最佳工作条件选择。

然后，于波长 283.3nm 处，使用空气-乙炔氧化火焰或石墨炉，以铅含量为零的标准溶液为参比溶液，调节原子吸收分光光度计的吸光度为零后，测定各标准溶液的吸光度。

以各标准溶液的铅的浓度（μg/mL）为横坐标，相应的吸光度为纵坐标，绘制工作曲线。

③ 测定。将试样溶液不经稀释或根据铅含量将试样溶液用盐酸溶液稀释一定倍数后，在与测定标准溶液相同的条件下，测得试样溶液的吸光度，在工作曲线上查出相应的铅浓度（μg/mL）。

④ 空白试验。采用空白溶液，其他步骤同样品测定。

（6）分析结果的表述　铅（Pb）含量 x_4，以质量分数（%）表示，按式（2-10）计算：

$$x_4 = \frac{(c_4 - c_{04}) \times 250 \times D_2}{m_4 \times 10^6} \times 100 \tag{2-10}$$

式中　c_4——由工作曲线查出的试样溶液中铅的浓度，μg/mL；

c_{04}——由工作曲线查出的空白溶液中铅的浓度，μg/mL；

250——试样溶液总体积，mL；

D_2——测定时试样溶液的稀释倍数；

m_4——试料的质量，g。

取平行测定结果的算术平均值为测定结果。

（7）允许差　平行测定结果的相对偏差应符合表 2-14 要求。

表 2-14　平行测定结果的相对偏差　　　　　　　　　单位：%

铅 含 量	允许相对偏差
≤0.0001	100
0.0001～0.0020	50
≥0.0020	25

（8）注意事项

① 溶解乙炔用于火焰分光光度法中，惰性气体可以是氮气或氩气，在石磨炉法中使用。

② 仪器的最佳工作条件包括燃烧头高度和位置、燃气和助燃气体的压力和流量比、吸喷量、火焰类型等参数。

③ 每次测定时都应先进行标准溶液的测定。

④ 空白试验应与样品测定同时进行。

2.2.7　有机-无机复混肥料中铬含量的测定

（1）原理　试样溶液中的铬，经原子化器将其转变成原子蒸气，产生的原子蒸气吸收从铬空心阴极灯射出的特征波长 357.9nm 的光，吸光度的大小与铬基态原子浓度成正比。

（2）采用方法　GB 18877－2002《有机-无机复混肥料》。

（3）试剂和材料

① 盐酸。

② 硝酸。

③ 盐酸溶液：1＋5。

④ 盐酸溶液：$c(HCl)＝0.5mol/L$。

⑤ 焦硫酸钾溶液：100g/L。

⑥ 铬标准溶液：1mg/mL。

⑦ 铬标准溶液：0.1mg/mL。吸取 10.0mL 铬标准溶液于 100mL 量瓶中，用盐酸溶液稀释至刻度，混匀。

⑧ 溶解乙炔或惰性气体（石墨炉法使用）。

（4）主要仪器

① 通常实验室用仪器。

② 原子吸收分光光度计，配有铬空心阴极灯和空气-乙炔燃烧器或石墨炉。

（5）实验操作步骤

① 试样溶液的制备。称取试样 5～8g（精确至 0.001g），置于 400mL 高型烧杯中，加入 30mL 盐酸和 10mL 硝酸，盖上表面皿在电热板上徐徐加热（若反应激烈产生泡沫时，自电热板上移开放冷片刻），等激烈反应结束后，稍微移开表面皿继续加热，使酸全部蒸发至接近干涸，以赶尽硝酸。冷却后加入 50mL 盐酸溶液，加热溶解，冷却至室温后转移到 250mL 量瓶中，用水稀释至刻度，混匀，干过滤，弃去最初几毫升滤液，待用。

空白溶液的制备：除不加试样外，其他步骤同试样溶液的制备。

② 工作曲线的绘制。按表 2-15 所示，吸取铬标准溶液（0.1mg/mL）置于 5 个 100mL 量瓶中，加入焦硫酸钾溶液 10mL，用盐酸溶液稀释至刻度，混匀。

表 2-15　铬标准溶液体积相应的铬的浓度

铬标准溶液体积/mL	相应铬的浓度/(μg/mL)
0	0
0.5	0.5
1.0	1.0
2.0	2.0
4.0	4.0

进行测定前，根据待测元素性质，参照仪器使用说明书，进行最佳工作条件

选择。

然后，于波长 357.9nm 处，使用空气-乙炔还原火焰或石墨炉，以铬含量为零的标准溶液为参比溶液，调节原子吸收分光光度计的吸光度为零后，测定各标准溶液的吸光度。

以各标准溶液的铬的浓度（$\mu g/mL$）为横坐标，相应的吸光度为纵坐标，绘制工作曲线。

③ 测定。吸取一定量的试样溶液于 100mL 量瓶中，加入焦硫酸钾溶液 10mL，用盐酸溶液稀释至刻度，混匀，作为测定用试液（铬浓度必须小于 $4.0\mu g/mL$）。在与测定标准溶液相同的条件下，测得试液的吸光度，在工作曲线上查出相应的铬浓度（$\mu g/mL$）。

④ 空白试验。采用空白溶液，其他步骤同样品测定。

（6）分析结果的表述　铬（Cr）含量 x_5，以质量分数（%）表示，按式（2-11）计算：

$$x_5 = \frac{(c_5 - c_{05}) \times 100}{\dfrac{m_5 V_3}{250} \times 10^6} \times 100 \tag{2-11}$$

式中　c_5——由工作曲线查出的试料溶液中铬的浓度，$\mu g/mL$；

c_{05}——由工作曲线查出的空白溶液中铬的浓度，$\mu g/mL$；

100——试样溶液稀释后的总体积，mL；

m_5——试料的质量，g；

V_3——吸取一定量试样溶液体积，mL；

250——试样溶液总体积，mL。

取平行测定结果的算术平均值为测定结果。

（7）允许差　平行测定结果的相对偏差应符合表 2-16 要求：

表 2-16　平行测定结果的相对偏差　　　　　　　　单位：%

铬含量	允许相对偏差
≤0.0001	100
0.0001~0.0020	50
≥0.0020	25

（8）注意事项

① 溶解乙炔用于火焰分光光度法中，惰性气体可以是氮气或氩气，在石磨炉法中使用。

② 仪器的最佳工作条件包括燃烧头高度和位置、燃气和助燃气体的压力和

流量比、吸喷量、火焰类型等参数。

③ 每次测定时都应先进行标准溶液的测定。

④ 空白试验应与样品测定同时进行。

⑤ 因加入了焦硫酸钾，这里的测定步骤和计算公式与镉、铅测定时有所不同。

⑥ 用贫焰测定铬干扰较少，但灵敏度低；用富燃黄色焰测定铬，灵敏度较高，但共存元素干扰较大。测定铬的灵敏度和共存元素干扰受火焰状态及观测高度的影响颇大，这在测定中要特别注意。

2.2.8　有机-无机复混肥料中汞含量的测定

（1）原理　试样溶液中的汞，用硼氢化钾将其还原成金属汞，用氮气流将汞蒸气载入冷原子吸收仪，汞原子蒸气对波长 253.7nm 的紫外线具有强烈的吸收作用，吸光度的大小与汞蒸气浓度成正比。

（2）采用方法　GB 18877－2002《有机-无机复混肥料》。

（3）试剂和材料

① 盐酸。

② 硝酸。

③ 盐酸溶液：1＋5。

④ 硝酸溶液：1＋1。

⑤ 硫酸溶液：4％。

⑥ 重铬酸钾溶液：5g/L。

⑦ 硼氢化钾碱性溶液：1.25g/L。称取 0.50g 硼氢化钾和 0.50g 氢氧化钾于 500mL 烧杯中，用水溶解并配制成 400mL 溶液。

⑧ 汞标固定液：将 0.5g 重铬酸钾溶于 950mL 水中，再加 50mL 硝酸。

⑨ 汞标准溶液：0.1mg/mL。称取 0.1354g 氯化汞（$HgCl_2$）于 250mL 烧杯中，用汞标固定溶液溶解后移入 1000mL 棕色量瓶中，再用汞标固定液稀释至刻度，混匀。

⑩ 汞标准溶液：5μg/mL。吸取 25.0mL 汞标准溶液于 500mL 棕色量瓶中，用汞标固定液稀释至刻度，混匀。

⑪ 汞标准溶液：0.5μg/mL。吸取 10.0mL 汞标准溶液于 100mL 棕色量瓶中，用汞标固定液稀释至刻度，混匀。

⑫ 氮气。

（4）主要仪器

① 通常实验室用仪器。

② 原子吸收分光光度计，配有氢化物发生器和汞空心阴极灯。

（5）实验操作步骤

① 试样溶液的制备。称取试样 5～8g(精确至 0.001g)，置于 400mL 高型烧杯中，加入 30mL 盐酸和 10mL 硝酸，盖上表面皿在电热板上徐徐加热（若反应激烈产生泡沫时，自电热板上移开放冷片刻），等激烈反应结束后，稍微移开表面皿继续加热，使酸全部蒸发至接近干涸，以赶尽硝酸。冷却后加入 50mL 盐酸溶液，加热溶解，冷却至室温后转移到 250mL 量瓶中，用水稀释至刻度，混匀，干过滤，弃去最初几毫升滤液，待用。

空白溶液的制备：除不加试样外，其他步骤同试样溶液的制备。

② 工作曲线的绘制。按表 2-17 所示，吸取汞标准溶液（0.5μg/mL）置于 5个 100mL 量瓶中，分别加入 10mL 重铬酸钾溶液和 10mL 硝酸溶液，用水稀释至刻度，混匀。

表 2-17　汞标准溶液体积相应的汞的浓度

汞标准溶液体积/mL	相应汞的浓度/(ng/mL)
0	0
0.5	2.5
1.0	5
2.0	10
4.0	20

进行测定前，根据待测元素性质，参照仪器使用说明书，选择最佳工作条件，以硼氢化钾碱性溶液作为还原剂，硫酸溶液作为载流，于波长 253.7nm 处，以汞含量为零的标准溶液为参比溶液，测定各标准溶液的吸光度。

以各标准溶液的汞的浓度（ng/mL）为横坐标，相应的吸光度为纵坐标，绘制工作曲线。

③ 测定。吸取一定量的试样溶液于 100mL 量瓶中，加入 10mL 重铬酸钾溶液和 10mL 硝酸溶液，用水稀释至刻度，混匀，作为测定用试液（汞浓度必须小于 20ng/mL）。在与测定标准溶液相同的条件下，测得试液的吸光度，在工作曲线上查出相应的汞浓度（ng/mL）。

④ 空白试验。采用空白溶液，其他步骤同样品测定。

（6）分析结果的表述

汞（Hg）含量 x_6，以质量分数（%）表示，按式（2-12）计算：

$$x_6 = \frac{(c_6 - c_{06}) \times 100}{\dfrac{m_6 V_4}{250} \times 10^9} \times 100 \tag{2-12}$$

式中　c_6——由工作曲线查出的试样溶液中汞的浓度，ng/mL；

　　　c_{06}——由工作曲线查出的空白溶液中汞的浓度，ng/mL；

　　　100——试样溶液稀释后的总体积，mL；

　　　m_6——试料的质量，g；

　　　V_4——吸取一定量试样溶液体积，mL；

　　　250——试样溶液总体积，mL。

取平行测定结果的算术平均值为测定结果。

（7）允许差　平行测定结果的相对偏差应符合表 2-18 要求。

表 2-18　平行测定结果的相对偏差　　　　　单位：%

汞含量	允许相对偏差
≤0.0001	100
0.0001～0.0020	50
≥0.0020	25

（8）注意事项

① 由于使用的是冷原子吸收法，故不用乙炔气，使用惰性气体氮气作为载气。

② 本方法使用的仪器有原子吸收仪和氢化物发生器，最佳工作条件包括燃烧头高度和位置、载气流量和压力等参数。

③ 每次测定时都应先进行标准溶液的测定。

④ 空白试验应与样品测定同时进行。

⑤ 汞标准溶液稳定性较差，应注意保存在阴凉黑暗处并定期更新。

⑥ 最佳工作条件有以下几种选择。

a. 载气流量的选择。实验中用氮气将氢化物发生器中的汞蒸气带入到 T 形石英管中进行测定，因此导气流量大小将直接影响测定结果，流量太大时重现性差，流量太小时出峰时间太长，且峰高读数值减少。本方法中选择不同载气流量 80mL/min、120mL/min、150mL/min、200mL/min、400mL/min 对浓度为 0.5μg/L 的汞标准溶液进行测定，硼氢化钾浓度选择 1.25g/L，其结果表明当载气流量为 80mL/min 时，仪器的灵敏度低，吸光度读数降低，这是因为出峰缓慢，峰形状低且较平的缘故；当载气流量在 120～200mL/min时，吸光度读数没有显著性差异；但当流量增加到 400mL/min 时，测定结果显得较为不稳定，重现性差，在以下实验中，载气流速选择在 120mL/min左右。

b. 硼氢化钾浓度的影响。硼氢化钾溶液作为还原剂，其作用是将溶液中的汞离子还原成金属汞, 所以其浓度将直接影响汞的还原效果, 由于汞易还原, 在仪器的使用说明书中介绍硼氢化钾浓度可在 $0.001\%\sim0.5\%$ 之间, 在我们的条件试验中, 对硼氢化钾浓度分别为 $0.25g/L$、$1.25g/L$、$6.25g/L$ 进行了比较试验, 载气流速选择 $120mL/min$, 结果表明浓度为 $0.25g/L$ 和 $1.25g/L$ 的硼氢化钾对检测结果没有显著性差异, 但当浓度为 $6.25g/L$ 时, 空白溶液的吸光度竟高达 0.125, 说明硼氢化钾浓度高将引起一定的正误差, 根据氢化物发生器使用说明书的推荐, 故将实验中还原剂硼氢化钾的浓度选择为 $1.25g/L$。

c. 工作曲线的线性范围。为了使实验能得到较好的测定结果, 必须先对工作曲线进行线性范围的测定。

实验采用浓度为 $0.5\mu g/L$ 的汞标准溶液配制成浓度为 $0\sim40ng/mL$ 的标准溶液系列进行测定其结果表明, 浓度在 $0\sim20ng/mL$ 时, 工作曲线能得到较好的线性, 当浓度为 $40ng/mL$ 时, 就偏离了线性, 但其读数值是在直线上方, 其中原因还待进一步探索。在对样品进行测定时, 溶液浓度应控制在 $2.5\sim15ng/mL$ 之间。

2.2.9 复混肥料中硼含量的测定——甲亚胺-H 酸分光光度法

(1) 原理 试样经沸水提取, 用 EDTA 掩蔽铁、铝、铜等干扰离子, 当 pH 值为 5 时, 试样溶液中的硼酸根离子与甲亚胺-H 酸生成黄色配合物, 在波长 $415nm$ 处, 测定吸光度。

(2) 采用方法 GB/T 14540—2003《复混肥料中铜、铁、锰、锌、硼、钼含量的测定》

(3) 试剂和材料

① 氢氧化钠溶液: $20g/L$。

② 盐酸溶液: 1+10。

③ 乙酸铵缓冲溶液: pH$\approx$5.2。

④ 乙二胺四乙酸二钠 (EDTA) 溶液: $37.3g/L$。

⑤ 甲亚胺-H 酸。

⑥ 显色剂溶液: 称取 0.6g 甲亚胺-H 酸和 2g 抗坏血酸, 置于 100mL 聚乙烯烧杯中, 加水 30mL, 加热至 $35\sim40℃$ 使其溶解, 冷却后转移至 100mL 石英量瓶中, 加水至刻度, 混匀, 用时现配。

⑦ 硼标准溶液: $1mg/mL$。

⑧ 硼标准溶液: $0.02mg/mL$。吸取 5.0mL 硼标准溶液于 250mL 石英量瓶中, 用水稀释至刻度, 混匀, 使用时现配。

(4) 主要仪器

① 通常实验室用仪器。

② 酸度计：±0.02pH。

③ 分光光度计：带有光程为1cm的石英吸收池。

④ 石英量瓶及石英吸管。

（5）实验操作步骤

① 试样溶液的制备。称取1～5g试样（预计试样中含硼0.25～5mg），精确至0.001g，置于250mL聚四氟乙烯烧杯中，加水150mL，盖上表面皿，在电热板上煮沸15min，取下，冷却至室温后转移到250mL量瓶中，用水稀释至刻度，混匀，干过滤，弃去最初几毫升滤液后，保留滤液供测定硼用。

空白溶液的制备：除不加试样外，其他步骤同前。

② 工作曲线的绘制。按表2-19所示，吸取0.02mg/mL的硼标准溶液置于5个50mL聚乙烯烧杯中。

于各烧杯中加入10mL EDTA溶液，用氢氧化钠溶液或盐酸溶液，调节pH至5.0，加入5mL乙酸铵缓冲溶液和5.0mL显色剂溶液，转移至50mL石英量瓶中，用水稀释至刻度，混匀，于室温下避光放置3h。用1cm吸收池，在波长415nm处，以硼含量为0的标准溶液为参比溶液，调节分光光度计的吸光度为零后，测定各标准溶液的吸光度。

表 2-19　硼标准溶液体积相应的硼的浓度

硼标准溶液体积/mL	相应硼的浓度/(μg/mL)	硼标准溶液体积/mL	相应硼的浓度/(μg/mL)
0	0	2.0	0.8
0.5	0.2	4.0	1.6
1.0	0.4		

显色溶液在暗处放置3h后，还可稳定2h，测定应在此期间完成。

以各标准溶液的硼浓度（μg/mL）为横坐标，相应的吸光度为纵坐标，绘制工作曲线。

③ 测定。根据硼含量吸取一定量试样溶液于50mL聚乙烯烧杯中，以下按"②工作曲线的绘制"规定的操作步骤，从"于各烧杯中加入10mL EDTA溶液，……"开始，直至"……测定溶液的吸光度"为止完成测定。

④ 空白试验。采用空白溶液，其他步骤同样品测定。

（6）分析结果的表述。硼（B）含量x_5，以质量分数（%）表示，按式(2-13)计算：

$$x_5 = \frac{(c_5 - c_{05}) \times 50}{\dfrac{m_2 V_1}{250} \times 10^6} \times 100 \tag{2-13}$$

式中　c_5——由工作曲线查出的试样溶液中硼的浓度，$\mu g/mL$；

　　　c_{05}——由工作曲线查出的空白溶液中硼的浓度，$\mu g/mL$；

　　　50——测定时，试样溶液的定容体积，mL；

　　　250——试样溶液总体积，mL；

　　　m_2——试料的质量，g；

　　　V_1——测定时，所取试液体积，mL。

取平行测定结果的算术平均值为测定结果。

（7）允许差　平行测定结果的相对偏差应符合表 2-20 要求：

表 2-20　平行测定结果的相对偏差　　　　　　　　　　单位：%

硼 含 量	相对偏差
＜0.010	≤50
0.010～0.100	≤30
＞0.100	≤15

（8）注意事项

① 玻璃器具等中往往会混入硼，应尽量避免所用器具中硼的混入。

② 仪器不同，样品中硼含量不同，所用工作曲线的测定范围可适当调整。

2.2.10　复混肥料中钼含量的测定——硫氰酸钠分光光度法

（1）原理　试样经稀盐酸溶液提取后，用氯化亚锡将试样中的六价钼还原成五价钼，五价钼与硫氰酸根离子等反应生成橙红色配合物，在波长 460nm 处，测定吸光度。

（2）采用方法

GB/T 14540—2003《复混肥料中铜、铁、锰、锌、硼、钼含量的测定》

（3）试剂和材料

① 高氯酸。

② 硫酸溶液：1+1。

③ 硫氰酸钠溶液：100g/L。

④ 硫酸铁溶液：50g/L，称取 5g 硫酸铁 $[Fe_2(SO_4)_3 \cdot 9H_2O]$，溶于适量水和 10mL 硫酸溶液中，加热溶解后用水稀释至 100mL，摇匀。

⑤ 氯化亚锡溶液：100g/L。

⑥ 钼标准溶液：1mg/mL。

⑦ 钼标准溶液：0.1mg/mL，吸取 10.0mL 钼标准溶液于 100mL 量瓶中，用水稀释至刻度，混匀；使用时现配。

检验日期	年 月 日		样品编号			
天平编号			吸管编号			
室 温	℃		相对湿度	%		
仪器型号、编号			比色皿尺寸	cm	波长	nm
标准曲线制作原始记录见：No：_____			斜率倒数(1/b)			

项 目	单位	1	2		
称量瓶＋试样质量	g				
称量瓶质量	g				
试样质量	g				
吸光度					
相应的含量	mg				
计算结果	%				
平均值	%				

计算公式：

说明：

备注：

| 检验人 | | | 复核人 | |

2
检测与测定

117

标准比色曲线绘制原始记录　　No:＿＿＿＿＿

绘制日期		年　月　日		标样编号			
仪器型号、编号			吸收池尺寸		cm	波长	nm
室温	℃	相对湿度	%	基准物名称及来源			
量瓶编号							
加入量/mg							
吸光度							
量瓶编号							
加入量/mg							
吸光度							

比色基准物烘干温度　　　　　　℃,时间　　　　　　　　h

基准物称量配制记录:

数据处理结果(斜率倒数 $1/b$ 或制图):

说明:

检验人			复核人	

（4）主要仪器

① 通常实验室用仪器。

② 分光光度计：带有光程为 1cm 的吸收池。

（5）实验操作步骤

① 试样溶液的制备。称取 5～8g 试样（精确至 0.001g），置于 400mL 高型烧杯中，加入 50mL 盐酸溶液，盖上表面皿，在电热板上煮沸 15min，取下，冷却至室温后转移到 250mL 量瓶中，用水稀释至刻度，混匀，干过滤，弃去最初几毫升滤液后，保留滤液供测定钼含量用。

空白溶液的制备：除不加试样外，其他步骤同前。

② 工作曲线的绘制。按表 2-21 所示，吸取 0.1mg/mL 的钼标准溶液置于 5 个 100mL 量瓶中。

表 2-21　钼标准溶液体积相应的钼的浓度

钼标准溶液体积/mL	相应钼的浓度/(μg/mL)	钼标准溶液体积/mL	相应钼的浓度/(μg/mL)
0	0	2.0	2.0
1.0	1.0	2.5	2.5
1.5	1.5	3.0	3.0

于各量瓶中加入一定量水，使溶液体积约 50mL，再加入 5mL 硫酸溶液、5mL 高氯酸及 2mL 硫酸铁溶液，摇匀，然后边摇边缓慢地加入 16mL 硫氰酸钠溶液、10mL 氯化亚锡溶液，用水稀释至刻度，摇匀，静止 1h。用 1cm 吸收池，在波长 460nm 处，以钼含量为零的标准溶液为参比溶液，调节分光光度计的吸光度为零后，测定各标准溶液的吸光度。

显色溶液放置 1h 后，还可稳定 1h，测定应在此期间完成。

以各标准溶液的钼浓度（μg/mL）为横坐标，相应的吸光度为纵坐标，绘制工作曲线。

③ 测定。根据钼含量吸取一定量试样溶液于 100mL 量瓶中，以下按"②工作曲线的绘制"规定的操作步骤，从"于各量瓶中加入一定量水，……"开始，直至"……测定溶液的吸光度"为止完成测定。

④ 空白试验。采用空白溶液，其他步骤同样品测定。

（6）分析结果的表述

钼（Mo）含量 x_6，以质量分数（%）表示，按式（2-14）计算：

$$x_6 = \frac{(c_6 - c_{06}) \times 100}{\dfrac{m_1 V_2}{250} \times 10^6} \times 100 \tag{2-14}$$

式中　c_6——由工作曲线查出的试样溶液中钼的浓度，μg/mL；

c_{06}——由工作曲线查出的空白溶液中钼的浓度，$\mu g/mL$；

100——测定时，试样溶液的定容体积，mL；

250——试样溶液总体积，mL；

m_1——试料的质量，g；

V_2——测定时，所取试液体积，mL。

取平行测定结果的算术平均值为测定结果。

(7) 允许差　平行测定结果的相对偏差应符合表 2-22 要求。

表 2-22　平行测定结果的相对偏差　　　　　　单位：%

钼含量	相对偏差
＜0.010	≤50
0.010～0.100	≤30
＞0.100	≤15

(8) 注意事项

① 在试样溶液制备时，如有妨碍比色的有机物，应预先准确吸取一定量滤液用少量硫酸分解后再用作测定。相应的测定时所加硫酸量适量减少。

② 仪器不同，样品中钼含量不同，所用工作曲线的测定范围可适当调整。

③ 加入硫酸铁溶液的目的是生成比钼的硫氰酸盐 $Mo_2[MoO(CNS)_5]_5$ 稳定且显色更清晰的 $Fe[MoO(CNS)_5]$。

④ 加入氯化亚锡的目的是将六价钼还原为五价钼。通常也用硫代硫酸钠作还原剂，但若溶液中存在的铁含量超过钼含量较多时，会生成 $Fe[Fe(CNS)_6]$，此化合物的红色不会消失，若用氯化亚锡溶液，即使铁的含量达到 100mg，对测定也没有影响。

2.2.11　有机-无机复混肥料中砷含量的测定

(1) 原理　在酸性介质中，五价砷通过碘化钾、氯化亚锡及初生态氢还原为砷化氢（AsH_3），用二乙基二硫代氨基甲酸银的吡啶溶液吸收，生成红色可溶性胶态银，在波长 540nm 处测定其吸光度，吸光度的大小与砷含量成正比。

(2) 采用方法　GB 18877—2002　《有机-无机复混肥料》。

(3) 试剂和材料

① 盐酸。

② 硝酸。

③ 盐酸溶液：1+5。

④ 抗坏血酸。

⑤ 无砷金属锌粒。

⑥ 碘化钾溶液：150g/L。

⑦ 二乙基二硫代氨基甲酸银［Ag(DDTC)］吡啶溶液：5g/L。溶解1.25g
二乙基二硫代氨基甲酸银于吡啶中，并用同样吡啶稀释至250mL棕色量瓶中，
避免光线照射，可在两周内保持稳定。

⑧ 氯化亚锡-盐酸溶液：溶解40g氯化亚锡［$SnCl_2 \cdot 2H_2O$］在25mL水和
75mL盐酸的混合液中。

⑨ 乙酸铅棉花：溶解50g乙酸铅［$Pb(C_2H_3O_2) \cdot 3H_2O$］于250mL水中，
用此溶液将脱脂棉浸透，取出挤干以除去多余溶液，贮存在密闭容器中。

⑩ 砷标准溶液：0.1mg/mL。

⑪ 砷标准溶液：0.0025mg/mL。吸取2.50mL砷标准溶液置于100mL量瓶
中，用水稀释至刻度，混匀。此溶液1mL含砷2.5μg，使用时制备。

（4）主要仪器

① 通常实验室用仪器。

② 定砷仪：按GB/T 7686规定的15球定砷仪装置，并将其中的15球吸收
管改为10mL量筒，如图2-1所示，或其他经实验证明，在规定的检验条件下，
能给出相同结果的定砷仪。

③ 分光光度计：带有光程为1cm吸收池。

（5）实验操作步骤

① 试样溶液的制备。称取试样5～8g（精确至0.001g），置于400mL高型
烧杯中，加入30mL盐酸和10mL硝酸，盖上表面皿在电热板上徐徐加热（若反
应激烈产生泡沫时，自电热板上移开放冷片刻），等激烈反应结束后，稍微移开
表面皿继续加热，使酸全部蒸发至近干涸，以赶尽硝酸。冷却后加入50mL盐酸
溶液，加热溶解，冷却至室温后转移到250mL量瓶中，用水稀释至刻度，混匀，
干过滤，弃去最初几毫升滤液，待用。

空白溶液的制备：除不加试样外，其他步骤同试样溶液的制备。

② 工作曲线的绘制。按表2-23所示，吸取砷标准溶液（0.0025mg/mL）分
别置于7个锥形瓶（图2-1中1）中。

表 2-23　砷标准溶液体积相应的砷的含量

砷标准溶液体积/mL	相应砷的含量/μg	砷标准溶液体积/mL	相应砷的含量/μg
0	0	4.0	10.0
1.0	2.5	6.0	15.0
2.0	5.0	8.0	20.0
3.0	7.5		

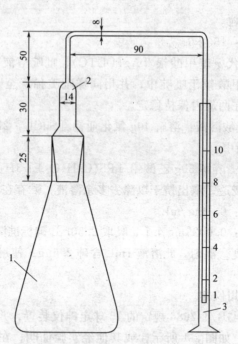

图 2-1　定砷仪（单位：mm）

1—100mL 锥形瓶，用于发生砷化氢；2—连接管，用于捕集硫化氢；3—10mL 量筒，吸收砷化氢用

于各锥形瓶中加 10mL 盐酸和一定量水，必须使体积达到 40mL 左右，此时溶液酸度为 c(HCl)＝3mol/L。然后加入 2.0mL 碘化钾溶液和 2.0mL 氯化亚锡溶液，混匀，放置 15min。

置少量乙酸铅棉花于玻璃管（图 2-1 中 2）内以吸收硫化氢、二氧化硫等。吸取 5.0mL 二乙基二硫代氨基甲酸银吡啶溶液置于 10mL 量筒内，按图 2-1 连接仪器，磨口玻璃吻合处在反应过程中应保持密封。

称量 5g 锌粒加入锥形瓶中，迅速连接好仪器，使反应进行约 45min。移去量筒，充分摇匀溶液所生成的紫红色胶态银。用 1cm 吸收池，在波长 540nm 处，以砷含量为零的标准溶液为参比溶液，调节分光光度计吸光度为零后，测定各标准溶液的吸光度。

显色溶液在暗处可稳定 2h，测定应在此期间进行。

以标准溶液的砷含量（μg）为横坐标，相应的吸光度为纵坐标，绘制工作曲线。

③ 测定。吸取一定量的试液（使其砷含量小于 20μg，体积在 30mL 以下）于 100mL 锥形瓶（图 2-1 中 1）中，加 10mL 盐酸；补充水使其体积约为 40mL，加入 1g 抗坏血酸。以下按②规定的操作步骤，从"然后加入 2.0mL 碘化钾溶液

和 2.0mL 氯化亚锡溶液，混匀，放置 15min。……" 开始，直至 "……测定溶液的吸光度" 为止完成测定。

④ 空白试验。采用空白溶液，其他步骤同样品测定。

(6) 分析结果的表述

砷（As）含量 x_1，以质量分数（%）表示，按式（2-15）计算：

$$x_1 = \frac{(c_1 - c_{01}) \times 250}{m_1 V_1 \times 10^6} \times 100 \qquad (2\text{-}15)$$

式中　c_1——由工作曲线查出的试样溶液中砷的含量，μg；

　　　c_{01}——由工作曲线查出的空白溶液中砷的含量，μg；

　　　250——试样溶液总体积，mL；

　　　m_1——试料的质量，g；

　　　V_1——测定时，所取试液体积，mL。

取平行测定结果的算术平均值为测定结果。

(7) 允许差　平行测定结果的相对偏差应符合表 2-24 要求。

表 2-24　平行测定结果的相对偏差　　　　　单位：%

砷含量	允许相对偏差
≤0.0001	100
0.0001～0.0020	50
≥0.0020	25

(8) 注意事项

① 由于吡啶有恶臭，操作应在通风橱中进行。

② 测定砷的所有玻璃容器，必须用浓硫酸-重铬酸钾洗液洗涤，再以水清洗干净，干燥备用。

③ 试样溶液的制备采用了王水消化法，有些有机-无机复混肥料在消化加热过程中产生大量泡沫，甚至会产生从高型烧杯中溢出的现象，使用高型烧杯就是为了防止泡沫溢出。遇到这种反应过分激烈的情况时，应将烧杯自电热板上移开放冷片刻后再加热，如此反复数次泡沫自然会消失。注意：在消化过程中不能将溶液蒸干，蒸发至近干涸时应停止加热，并将烧杯自电热板上移开。

④ 影响砷测定结果因素有：氯化亚锡用量、酸度、碘化钾用量，As^{5+} 还原为 As^{3+} 所需时间，锌粒用量与其颗粒大小（以 10～20 目，表面粗糙比光滑好）及逸出砷的时间（控制插入吸收液中导管的出口径一般要求≤1mm）。

⑤ 掌握乙酸铅棉花用量，太少吸收硫化氢、二氧化硫不完全，太多堵塞导气管，使之砷化氢（AsH_3）难以被 Ag(DDTC) 吡啶溶液完全吸收。

⑥ 导气管应预先插入 Ag(DDTC) 吡啶溶液中，准备工作就绪，最后轻轻打开锥形瓶盖，加入 5g 锌粒（大颗粒比小颗粒反应稍慢）。迅速连接好仪器。以防（AsH_3）损失，使数据偏低。

思考题

2-6 简述砷含量测定时注意事项。

2-7 综合简述原子吸收火焰分光光度法测定时的注意事项。

2-8 铬含量测定时加入焦硫酸钾的作用是什么？

2-9 汞含量测定时如何选择最佳工作条件？

2.3 生化分析

2.3.1 有机-无机复混肥料中蛔虫卵死亡率的测定

（1）原理——饱和硝酸钠溶液离心漂浮法 先用碱性溶液和已经处理过的样品充分混合，分离蛔虫卵，然后用密度较蛔虫卵大的溶液为漂浮液，使蛔虫卵漂浮在溶液的表面，从而收集检验；或加入清水，因蛔虫卵的密度大于水的密度，使蛔虫卵沉在水底，从中吸取蛔虫卵检验。

（2）采用方法 GB 7959—1987《粪便无害化卫生标准》附录 B "堆肥蛔虫卵检查法"。

（3）试剂和材料

① 氢氧化钠溶液：5%。

② 饱和硝酸钠溶液：相对密度 1.38～1.40。

③ 甘油溶液：50%。

（4）主要仪器

① 通常实验室用仪器。

② 离心机。

③ 显微镜。

（5）实验操作步骤

① 分离。称取 5～10g 样品于容量 50mL 清洁铜离心管或塑料离心管中。注入 5%氢氧化钠溶液 25～30mL，另加玻璃珠约 10 粒，用适当大小的橡皮塞子紧塞管口，置电动振荡机上，振荡 10～15min，每分钟 200～300 次，静置

15～30min后，再行振荡，如此重复 3～4 次，使堆肥样品为碱性溶液所浸透，加上玻璃珠的撞击和摩擦，则混合液中的蛔虫卵，不再被黏着在一起。

② 漂浮。从振荡机上取下离心管，揭去橡皮塞子，用滴管吸取清水，将附着在皮塞上和管口内壁的泥状物，冲入管中，以免一小部分虫卵的漏检。而后再在离心机上离心 3～5min，2000～2500r/min。倒去多余的氢氧化钠溶液，水洗一次，即加清水将沉淀物搅浑后，离心，倒去上面的脏水。随后加入少量饱和硝酸钠溶液（相对密度1.38～1.40），用玻璃棒搅成糊状后，徐徐添加饱和硝酸钠溶液，随加随搅，直加到离管口 1cm 为止，此时将附在玻璃棒上的混合液也用一两滴饱和硝酸钠溶液，冲入管中，离心 3～5min，2000～2500r/min，由于蛔虫卵的密度小于饱和硝酸钠溶液的密度，因此经离心后，管中的蛔虫卵，就会漂浮在硝酸钠溶液的表面。

③ 移置液膜。用直径略小于1cm的金属丝圈（状如细菌学上所用的接种环）不断将表层液膜移于盛有半杯清水的小烧杯中，约 30 次后，再次搅拌和离心，适当增加一些饱和硝酸钠溶液，如此反复操作 3～4 次，直到液膜涂片未查见蛔虫卵为止。

④ 抽滤。将烧杯中含卵混悬液，通过高尔特曼氏漏斗，抽滤于直径 35mm，无裂纹和孔眼的微孔火棉胶滤膜上（孔径 $0.65～0.80\mu m$），混合悬液中的蛔虫卵，全部阻留在微孔滤膜上。有时由于样品中蛔虫卵数量过多，浑浊度大，不易为一张滤膜所滤过时，则可另添一张或两张滤膜。

⑤ 镜检。抽滤完毕，立即用眼科弯头小镊子，将滤膜从漏斗的滤台上小心取下，平铺于 4cm×7.5cm 的大型载物玻璃片上，趁湿在低倍显微镜下直接检查，最好滴加两三滴 50% 甘油溶液，这样蛔虫卵在比较透明而无大气泡的视野中，便于观察和计数。

⑥ 蛔虫卵数量测定。样品中含有的蛔虫卵数如果较多，用饱和硝酸钠溶液离心漂浮法时，5～10g 样品中的蛔虫卵，高度集中在滤膜上，在显微镜下计数时容易混乱，因此，最好能在显微镜的目镜筒内，装上一枚目镜计数网，利用移动尺有规律的移动，逐渐数完整个滤膜上的全部蛔虫卵数。例如，184g 有代表性样品，其中的 10g 用饱和硝酸钠溶液离心漂浮后，在滤膜上数得蛔虫卵数为 350 个，则 350/10×184＝6440 个。

⑦ 蛔虫卵生活力测定法。目前测定蛔虫卵生活力所用的方法，除了采用简单易行的直接镜检法外，普遍采用培养法。

a. 直接镜检法。是根据蛔虫卵在发育过程中所出现的各种形态，以鉴别其死活。首先是鉴别受精卵和未受精卵，其次是鉴别有生活力和失去生活力（变性卵）的受精卵和含有幼虫卵的形态。

职
业
技
能
鉴
定
培
训
教
程

采用直接镜检法时，有关形态鉴别要点如下。

ⓐ 未受精蛔虫卵的形态。多为长椭圆形，有时呈三菱形或不规则形，大小平均为 $(80\sim98)\mu m\times(40\sim60)\mu m$，一般为黄褐色，有时蛋白质壳发育不全，有时完全失去蛋白质壳，卵内经常充满大大小小油滴状的卵黄细胞。

ⓑ 受精蛔虫卵的形态。活的受精蛔虫卵的形态：蛋白质壳为黄褐色，脱去蛋白质壳的为无色透明；平均大小为 $(50\sim70)\mu m\times(40\sim50)\mu m$；外层卵壳厚，内层壳薄，有屈光性，最外层的蛋白质壳也很厚，呈乳状或花纹状突起；卵内有一个球形的卵细胞，卵壳两端和卵细胞之间，有半月形的空隙，卵内的卵黄颗粒清晰而致密。

死受精蛔虫卵（变性卵）的形态如下。

卵细胞移向一端，致使卵壳两端呈现有大小不等的半月形空隙。

卵内脂肪变性，形成空泡，很像未受精卵，高温堆肥样品中卵内的空泡尤为显著。

卵细胞颗粒减少或消失。

卵细胞质浑浊，呈黑色或棕黑色。

卵细胞向不定部位呈球状收缩。

卵壳的一侧或两侧，一端或两端向内凹陷或破裂。

只有蛋白质壳，而缺内容物。

ⓒ 含有活幼虫卵的形态。虫体的前后部没有颗粒，中部颗粒清晰而有金属光泽，有立体感，镜检时，注视或轻压，可见有轻微蠕动，强压后，有时可挤出幼虫。

ⓓ 含有死幼虫卵的形态。幼虫体内几乎充满颗粒，且模糊不清，无金属光泽，缺乏立体感，镜检时注视之，久久不见蠕动，稍稍加热或轻压，不会蠕动；强压时，虽能挤出幼虫，但也不改变其原来的卷曲状态。

以上所列是死活蛔虫卵的一般形态，在镜检中有时会遇到外形发生变化的畸形活卵和各种形态的未受精卵，以及容易误认为寄生虫的异物。

b. 滤膜培养法。把上述通过饱和硝酸钠溶液离心漂浮后收集在滤膜上的蛔虫卵，经过计数后，直接用来培养，称为滤膜培养法。

滤膜培养法测定蛔虫卵生活力的操作步骤如下。

ⓐ 在直径 $10\sim12cm$ 的玻璃平皿的底部平铺一层厚约 1cm 的脱脂棉（或微孔塑料），脱脂棉上铺一张直径与平皿等大的普通滤纸。

ⓑ 为防止霉菌和原生动物的繁殖，可加入 $2\%\sim3\%$ 甲醛溶液或甲醛生理盐水，以湿透滤纸和脱脂棉。

ⓒ 把含卵滤膜平铺在皿中滤纸上，加盖，并在皿盖上编号。一个平皿可同

时放上几张滤膜，互不接触。

ⓓ 把平皿放在 $24\sim26℃$ 的恒温箱中培养 1 个月，培养过程中经常滴加清水或 $2\%\sim3\%$ 的甲醛溶液，使滤膜保持潮湿状态。

ⓔ 培养 1 个月后自皿中取出滤膜置于载玻片上，滴加 50% 甘油溶液，使其透明后，在低倍镜下查找蛔虫卵，然后在高倍镜下，根据形态，鉴定卵的死活，并加以计数。镜检时有时会感到视野的亮度和滤膜的透明度不够理想，则可在一张载玻片上，滴 1 滴清水，另用一张盖玻片从滤膜上刮下少许含卵滤渣，与水混合搅匀，盖上同一盖玻片进行镜检，或是在载玻片上滴 $1\sim2$ 小滴 30% 安替福尼液代替清水，蛔虫卵外面的蛋白质壳很快被溶解掉，内部构造便于观察。凡含有幼虫的，都认为是活卵，其他阶段的或单细胞的，都判为是死卵。

（6）分析结果的表述　蛔虫卵死亡率 x_1，以质量分数（%）表示，按式 (2-16) 计算：

$$x_1 = \frac{N_2}{N_1} \times 100 \qquad (2\text{-}16)$$

式中　N_1——总的蛔虫卵数；

　　　N_2——死亡蛔虫卵数。

（7）注意事项　为了防止原生动物和霉菌的繁殖，影响观察和避免活的蛔虫卵进一步发育，可在样品中滴加一些防腐剂如 3% 福尔马林溶液或 3% 盐酸溶液，加盖后，放置冰箱中。

2.3.2　有机-无机复混肥料中大肠菌值的测定

（1）原理　大肠菌群是一群需氧及兼性厌氧，在 $44.5℃$ 24h 内能够分解乳糖、产酸产气的革兰阴性无芽孢杆菌。评价有机物废弃物无害化效果采用大肠菌值表示。菌值是含有一个粪大肠菌的质量（g）或体积（mL）。

（2）采用方法　GB 7959—1987《粪便无害化卫生标准》附录 A "堆肥、粪稀中粪大肠菌群检验法"。

（3）试剂和材料

① 无菌水。

② 碱性品红亚硫酸钠琼脂。

③ 乳糖发酵培养基。

（4）主要仪器

① 通常实验室用仪器。

② 恒温培养箱。

③ 无菌操作台。

（5）实验操作步骤

① 混悬液制备。准确称取制备好的试样 10g，放于无菌的 250mL 带玻璃珠的三角瓶内，加无菌水，使成 100mL，即为 1∶10 的混悬液。

② 接种。样品稀释：用 1mL 灭菌吸管吸取 1∶10 混悬液 1mL，注入 9mL 灭菌水管内，制成 1∶100 稀释液，按照同法依次稀释，制成 1∶1000、1∶10000（每种稀释液各换一支灭菌吸管）。

初发酵试验：以无菌手续，用 1mL 灭菌吸管吸取 1∶10（相当于 0.1g 样品），1∶100（相当于 0.01g 样品）、1∶1000（相当于 0.001g 样品）、1∶10000（相当于 0.0001g 样品）稀释液各 1mL，分别接种于 1 管单料乳糖胆盐发酵管内，每个稀释液各用 1 支吸管。置 44.5℃ 培养 24h±2h。

将产酸产气或只产酸的发酵管接种于碱性品红亚硫酸钠琼脂培养基上，然后放入 37℃ 恒温培养箱内，培养 24h，挑选典型菌落（带金属光泽菌落）和非典型菌落的一半，进行革兰染色，如为革兰阴性无芽孢杆菌，再将平皿中其余的另外一半菌落接种乳糖发酵管，置于 44.5℃ 培养 24h，如产酸产气，即证实有大肠菌群的存在。

（6）分析结果的表述　根据发酵管的阳性管数查表，即为粪大肠菌群菌值（表 2-25～表 2-28）

（7）注意事项　根据样品的污染程度，决定其稀释度，为了避免所接种的不同稀释度样品的发酵均呈阳性反应或阴性反应，要考虑到所接种的试管有效稀释度。接种实验需 3 天时间才能完成。

图 2-2 为粪大肠菌群检验程序。

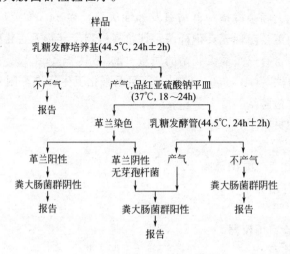

图 2-2　粪大肠菌群检验程序

表 2-25　粪大肠菌群菌值计数表 1

接种量/g(或 mL)				菌值
10	1	0.1	0.01	
−	−	−	−	>11.1
−	−	−	+	11.1
−	−	+	−	11.1
−	+	−	−	10.5
−	−	+	+	5.6
−	+	−	+	5.3
−	+	+	−	4.6
+	−	−	−	4.3
−	+	+	+	3.6
+	−	+	+	1.1
+	−	+	−	1.0
+	−	−	+	0.6
+	+	−	−	0.4
+	+	−	+	0.1
+	+	+	−	0.04
+	+	+	+	0.01

注："＋"表示阳性反应；"—"表示阴性反应。

表 2-26　粪大肠菌群菌值计数表 2

接种量/g(或 mL)				菌值
1	0.1	0.01	0.001	
−	−	−	−	1.11
−	−	−	+	1.11
−	−	+	−	1.11
−	+	−	−	1.05
−	−	+	+	0.56
−	+	−	+	0.53
−	+	+	−	0.46
+	−	−	−	0.43
−	+	+	+	0.36
+	−	+	+	0.11
+	−	+	−	0.10
+	−	−	+	0.06
+	+	−	−	0.04
+	+	−	+	0.01
+	+	+	−	0.004
+	+	+	+	0.004

注："＋"表示阳性反应；"—"表示阴性反应。

表 2-27 粪大肠菌群菌值计数表 3

接种量/g(或 mL)				菌值
0.1	0.01	0.001	0.0001	
—	—	—	—	0.111
—	—	—	+	0.111
—	—	+	—	0.111
—	+	—	—	0.105
—	—	+	+	0.056
—	+	—	+	0.053
—	+	+	—	0.046
+	—	—	—	0.043
—	+	+	+	0.036
+	—	+	+	0.011
+	—	+	—	0.010
+	+	+	—	0.006
+	+	+	+	0.004
+	+	—	+	0.001
+	+	+	—	0.0004
+	+	+	+	0.0004

注:"+"表示阳性反应;"—"表示阴性反应。

表 2-28 粪大肠菌群菌值计数表 4

接种量/g(或 mL)				菌值
0.01	0.001	0.0001	0.00001	
—	—	—	—	0.0111
—	—	—	+	0.0111
—	—	+	—	0.0111
—	+	—	—	0.0105
—	—	+	+	0.0056
—	+	—	+	0.0053
—	+	+	—	0.0046
+	—	—	—	0.0043
—	+	+	+	0.0036
+	—	+	+	0.0011
+	—	+	—	0.0010
+	—	+	+	0.0006
+	+	—	—	0.0004
+	+	—	+	0.0001
+	+	+	—	0.00004
+	+	+	+	0.00004

注:"+"表示阳性反应;"—"表示阴性反应。

有机-无机复混肥料中蛔虫卵、大肠菌值测定原始记录

检验日期	年 月 日	样品编号	
天平编号		培养箱编号	
室温	℃	相对湿度	%

检验人		复核人	

思考题

2-10 简述大肠菌值测定步骤。

2-11 蛔虫卵死亡率测定过程中如何使蛔虫卵分离？如何防止样品中原生动物和霉菌的繁殖？

3 | 几种常用化肥的生产工艺简介

　　由于多数化肥的组分为无机化合物，化肥工业通常被列入无机化学工业，化肥工业的发展不仅对农业发展起着举足轻重的作用，还带动了采矿工业、硫酸工业、合成氨工业和硝酸工业等的发展，所以在国民经济中占有非常重要的地位。我国已建立起产量世界第一的化肥产量和氮肥产量，2004 年产量分别为 4519 万吨（折纯，下同）和 3304 万吨。

　　按照提供给作物营养元素的种类划分，化肥产品分为大量元素肥料（提供氮、磷、钾营养），中量元素肥料（提供钙、镁、硫营养），微量元素肥料（提供铜、铁、锰、锌、硼、钼、氯等营养），复混（合）肥料（综合性的提供大、中、微量元素营养）。具体的各类化肥品种比较多，主要品种列于表 3-1。

表 3-1　各类化肥的主要品种

种　类	品　种
氮　肥	铵态氮肥——碳酸氢铵、硫酸铵、氯化铵、氨水等
	硝态氮肥——硝酸铵、硝酸钙等
	酰铵态氮肥等——尿素、石灰氮等
磷　肥	水溶性磷肥——过磷酸钙、重过磷酸钙等
	枸溶性磷肥——钙镁磷肥、钙镁磷钾肥、磷酸氢钙等
	难溶性磷肥——磷矿粉等
钾　肥	氯化钾、硫酸钾、硫酸钾镁、窑灰钾肥等
复合肥	磷酸一铵、磷酸二铵、硝酸钾、硝酸磷肥、磷酸二氢钾、氮磷钾二元、三元复混（合）肥等
中量元素肥	碳酸钙、白云石等，一般也含在磷肥和复混（合）肥中
微量元素肥	铁锰铜锌的硫酸盐、氧化物或螯合物，硼砂，钼酸铵等

3.1　氮肥

　　氮是营养元素中除碳氢氧外作物需要量最大的元素，所以氮肥生产是化肥工业中规模最大的部分。氮素是植物体内氨基酸的组成部分，是蛋白质的核心，它和镁是叶绿素中仅有的两种来自土壤的元素。氮肥主要以铵态氮(NH_4^+)、硝态氮（NO_3^-）和酰胺态氮形式进入土壤，在土壤酶和微生物的作用下转化为硝态氮，成为作物最主要的吸收形式。

3.1.1 尿素

合成尿素的原料是氨和二氧化碳，后者是氨厂的副产品。尿素合成的化学反应分两步，氨与二氧化碳反应生成氨基甲酸铵，甲铵脱水生成尿素，反应式如下（1cal＝4.1868J）：

$$2NH_3 + CO_2 \rightleftharpoons NH_2CO_2NH_4 + 38.06kcal$$

$$NH_2CO_2NH_4 \rightleftharpoons NH_2CONH_2 + H_2O - 6.8kcal$$

两步反应都是可逆反应，第一步是强放热反应，在常压下反应速度很慢，加压后反应很快；第二步是一个温和的吸热反应，它达到接近平衡的反应速度决定于温度和压力。

NH_3 和 CO_2 在合成塔内一次反应只有 50％～70％ 转化为尿素，从合成塔出来的物料是含有氨和氨基甲酸铵的尿素溶液，经采用不循环法、部分循环法或全循环法等工艺分离出氨和氨基甲酸铵后，尿液经两段蒸发，使其浓度达到 99.5％ 以上，最后采用塔式喷淋造粒法、颗粒成型造粒法或结晶法造粒成为颗粒尿素成品。

3.1.2 硫酸铵

硫酸铵的生产工艺有中和法和石膏法两种。中和法是氨和浓硫酸在饱和-蒸发结晶器内反应生成硫酸铵结晶，用离心机分离，干燥后即得产品，母液返回饱和-蒸发结晶器。用硫酸洗涤焦炉气或煤气中的氨制取硫酸铵的方法基本上也属于中合法。石膏法是天然石膏或副产石膏与碳酸铵溶液进行反应，生产碳酸钙沉淀和硫酸铵溶液，过滤分离碳酸钙后，硫酸铵溶液经蒸发结晶，离心机过滤，干燥后即得产品。

3.1.3 碳酸氢铵

中国典型的生产碳酸氢铵的小型氮肥厂多数以无烟煤为原料，先制取半水煤气，脱除硫化物后，进入加压变换反应系统，得到氢和二氧化碳，此混合气进入碳化塔，其中二氧化碳与 17％ 左右的氨水反应，生成碳酸氢铵结晶，在离心机内脱除母液即得碳酸氢铵产品。脱除二氧化碳的原料气经净化后进入氨合成系统。

3.2 磷肥

磷肥是指以磷矿为原料制成的含有作物营养元素磷的化肥。磷肥提供的磷素是植物体内细胞原生质的组分，对细胞的生长和增殖以及光合作用等生理过程都起着不可或缺的重要作用。磷肥的有效养分通常以 P_2O_5 计，分为水溶性磷和枸溶性磷两种，枸溶性磷不溶于水，是指溶于中性、碱性柠檬酸铵、柠檬酸及EDTA的磷肥。

3.2.1 过磷酸钙

过磷酸钙是用硫酸分解磷矿制得的磷肥，是最早的磷肥品种，也是最早的化肥品种（1842 年，英国人拉维斯在英国建立了第一个化肥厂）。其主要有用组分是磷酸二氢钙的水合物 $Ca(H_2PO_4)_2 \cdot H_2O$ 和少量游离的磷酸，副组分是无水硫酸钙通常含有 $12\% \sim 20\%$ 有效 P_2O_5，其中 $80\% \sim 95\%$ 溶于水，属水溶性速效磷肥。

硫酸分解磷矿制造过磷酸钙的化学反应为：

$$2Ca_{10}F_2(PO_4)_6 + 7H_2SO_4 + 3H_2O \longrightarrow 3[Ca(H_2PO_4)_2 \cdot H_2O] + 7CaSO_4 + 2HF$$

实际反应是分两步进行的：第一步是硫酸与部分磷矿反应生成磷酸与硫酸钙，第二步是第一步反应中生成的磷酸与另一部分磷矿反应生成磷酸二氢钙。第一步反应速度很快，几分钟内就结束；第二步反应受扩散控制速度很慢，可持续几天或几周。具体生产工艺有分批间歇操作和连续操作两种，生产过程大体分为下列几个部分：磷矿粉与硫酸在混合反应器内反应 $1 \sim 5min$ 形成料浆；料浆流入化成室进行固化；固化后的物料从化成室移出并切碎后送至熟化仓库，令其继续反应几天或几周；熟化后的物料进一步打碎，通过 6 目筛孔后就可出厂；如果需要颗粒产品，可将熟化后或未经熟化的物料在转鼓造粒或圆盘造粒机上造粒，造粒时要喷水和通蒸汽，造粒机出来的物料经干燥和筛分即可装袋；从混合反应器溢出的含氟气体引入水洗系统后排空，回收得到的氟硅酸溶液可加工成氟硅酸盐或其他氟化物。

3.2.2 钙镁磷肥

钙镁磷肥是典型的热法磷肥，是由氧化镁、氧化钙、二氧化硅和磷酸盐为主要组成的玻璃态物质，还含有少量铁、铝和氟等，产品为深灰、鲜绿到墨绿色的细粉，含 P_2O_5 $12\% \sim 22\%$，MgO $12\% \sim 15\%$，90% 以上是枸溶性磷，适用于酸性土壤。

设备与炼铁生产相似的高炉法是我国常见的钙镁磷肥生产工艺，具体生产过程是：磷矿、蛇纹石（或白云石加硅石）和焦炭预先破碎到一定大小的块子（一般为 $10 \sim 60mm$），筛除粉料后，按一定比例配制炉料从炉顶进入炉内，从热风炉引来的热风经风嘴进入炉内。焦炭在热风作用下迅速燃烧产生高温，使炉料熔融。炉料定期或连续从炉底出口排出，用约 $3kg/m^2$ 的水流喷射熔体流（水量约 $20t/t$ 肥料），使淬成细小的玻璃物质，经干燥和磨细即成成品。从炉顶引出的低热值煤气，经过除尘和水洗脱氟后送入热风炉燃烧，热风引回高炉。

3.3 钾肥

钾肥主要品种有氯化钾、硫酸钾、硫酸钾镁等。施用钾肥能够促进作物的光合作用，促进作物结果结实，提高作物的抗寒和抗病能力，调节各从矿物元素的活性等。土壤中的钾存在有三种形式：水溶性钾、可交换性钾和非交换性钾。

3.3.1 氯化钾

氯化钾是最主要的钾肥，占世界钾肥总量的 90% 以上。生产氯化钾的原料是天然钾盐矿，主要有钾石盐、光卤石和含钾卤水，大体生产步骤分为钾岩矿的开采及钾岩矿的富集和精制两步，钾石岩矿是氯化钾和氯化钠的混合物，富集和精制方法有浮选法、重液分离法和溶解结晶法三种，其中浮选法是应用最广泛和最经济的方法；溶解结晶法可以加工含不溶物高的原料，产品质量高，适合作液体复合肥的原料；重液分离法可以直接制得粗粒氯化钾产品。

光卤石($KCl \cdot MgCl_2 \cdot 6H_2O$)含钾量相对不高，加工能耗高，且副产物氯化镁不易处理，其富集和精制方法分为冷熔法和热熔法两种。

含钾卤水制氯化钾是把卤水在盐田中自然蒸发至约 90% 的氯化钠结晶出来，然后把卤液移入另一组盐田蒸发结晶光卤石，采用加工光卤石的方法制造氯化钾，以色列、约旦和我国的青海省利用死海卤水生产氯化钾。

3.3.2 硫酸钾

硫酸钾通常含氧化钾 $48\%\sim52\%$，易溶于水，吸湿性小，主要适用于烟草、马铃薯、柑橘和葡萄等忌氯作物上。硫酸钾的生产方法有两类：利用天然硫酸钾盐矿为原料的生产方法；利用硫酸分解氯化钾生产硫酸钾和副产盐酸的方法。

天然硫酸盐钾矿有无水钾镁矾($K_2SO_4 \cdot 2MgSO_4$)、软钾镁矾($K_2SO_4 \cdot MgSO_4 \cdot 6H_2O$)、石膏钾镁矾($K_2SO_4 \cdot MgSO_4 \cdot 4CaSO_4 \cdot 2H_2O$)、钾石膏($K_2SO_4 \cdot CaSO_4 \cdot H_2O$)等。这些天然矿物要用浮选、重液分离和溶解结晶等方法进行富集处理，然后再进一步加工。例如，经过富集处理的无水钾镁矾是硫酸钾和硫酸镁的复盐，直接可以作为含钾、镁、硫的肥料使用，也称硫酸钾镁肥。2005 年，中信国安公司在青海投资的 100 万吨硫酸钾镁项目已经投产。

硫酸和氯化钾反应制取硫酸钾的方法（曼海姆法）生产过程有两步反应：

$$KCl + H_2SO_4 \longrightarrow KHSO_4 + HCl\uparrow$$

$$KHSO_4 + KCl \longrightarrow K_2SO_4 + HCl\uparrow$$

第一步反应可以在 200℃下完成，第二步反应需要 600～700℃下才能接近完成。这个方法能耗比较高，生产设备材料腐蚀问题严重。

3.4 复合肥料

复合肥料（复混肥料）的养分含量通常以配合式 N-P_2O_5-K_2O 的含量百分数进行标记，如磷酸一铵 12-52-0，硝酸钾 13-0-44，三元复合肥 15-15-15。在美国，复合肥料和复混肥料是同义词，在我国和欧洲其定义的区别在于前者在生产过程中发生显著的化学反应，而后者的生产过程只是简单的机械混合。磷酸一铵和磷酸二铵、硝酸磷肥、硝酸钾以及磷酸二氢钾等是典型的复合肥料。

生产复合肥料（复混肥料）的原料主要有：尿素、氯化铵、硝酸铵、硫酸铵、过磷酸钙、重过磷酸钙、磷酸铵、氯化钾、硫酸钾、硝酸钾、氨、各种含氮溶液和磷酸等。

复合肥料的生产一般都包含有造粒过程，可以大体上分为三类：有化学反应的干粉状物料混合造粒工艺；料浆型造粒工艺；熔融造粒工艺。

3.4.1 磷酸铵类肥料

磷酸铵类肥料包括磷酸一铵、磷酸二铵和多磷酸铵等，是磷酸与氨中和反应并加工制成的氮磷复合肥料。它适用于几乎所有土壤和作物，有效成分浓度高、单养分运输成本低，物性好，不易吸湿不结块，与氮肥和钾肥有很好的相合性，适合于生产复混肥料，这些优点保证了这种产品获得了大规模发展。

磷酸铵肥料生产有许多工艺流程，但基本相似。一般是用浓度为 38%～42% P_2O_5 的湿法磷酸（多数厂 P_2O_5 浓度为 52%～54%）和约 30% 的 P_2O_5 两种酸，后者用于洗涤系统中的含氨和粉尘的尾气，然后再与前者混合使用，在预中和器内与氨反应，控制反应物料中的 NH_3：H_3PO_4 分子比约 1.4，这点处于磷酸铵溶解度最大点；反应热使物料升温到沸点（约 115℃），蒸发一部分水；热的磷酸铵料浆含 16%～20% 水，用泵送入转鼓造粒机；再通入一部分氨，使物料的 NH_3：H_3PO_4 分子比达到接近 2.0；产生的热量又蒸发一部分水；NH_3：H_3PO_4 分子比从 1.4 提高到 2.0 时磷酸铵的溶解度降低而析出结晶；与后系统返回的干粉粒料一起成粒；造粒出来的湿颗粒进入回转干燥机用热炉气干燥；干颗粒物料进行筛分，合格颗粒冷却后包装入库；筛下的粉粒料返回造粒机，粗粒料经破碎后返回筛子，从预中和器、造粒机和干燥机逸出的氨和粉尘，用稀磷酸洗涤回收送回预中和器。

3.4.2 三元素复混肥料

三元素复混肥料的生产工艺分为有干燥和无干燥两种，我国已有干燥工艺为主。根据造粒方式的不同，有干燥工艺又分为圆盘造粒、蒸汽转鼓造粒、喷浆造粒等。主要生产方法是将各类原料破碎成干粉后进行计量和混合，在造粒机内成粒，可以采用加热、加水、加蒸汽的方法增加液相量，达到滚动情况下黏结成粒的目的。从造粒机流出的湿颗粒进入干燥机进行干燥，对颗粒物料进行筛分后包装或返回。

思考题

3-1 简述化肥分类及产品种类。

3-2 简述尿素生产工艺。

3-3 简述过磷酸钙生产工艺。

3-4 简述氯化钾生产工艺。

3-5 简述磷铵生产工艺。

思考题答案

2-1 有机质含量的测定方法主要有重铬酸钾容量法和灼烧法等。灼烧法的原理是在高温条件下灼烧试样以除去有机质，灼烧前后试样的质量差作为有机质的含量。该法的优点在于可以直接用有机质的百分含量表示结果，不需将有机碳转算为有机质。该法的缺点是，对于有机-无机复混肥料，其中的许多化学肥料在高温下都会分解而产生干扰。例如，氯化铵、硫酸铵、硝酸铵、尿素、碳酸氢铵等。重铬酸钾容量法的原理是用重铬酸钾-硫酸溶液将试样中的有机质氧化成二氧化碳，再根据二氧化碳的量计算有机质的量。该法的优点是碳酸盐无干扰，各种单质形态的碳（石墨、碳、煤等）也无影响，因而可以获得相当准确的分析结果而又不需特殊的设备，操作简便、快速。该法的缺点是存在氯离子、亚铁离子、亚锰离子的干扰，但可以克服。综上所述，灼烧法干扰因素很多，难以克服，故标准中未采用此法，而是采用重铬酸钾容量法。前苏联ГОСТ 27980-88 以及法国标准 U 44-161 均采用重铬酸钾容量法测定有机肥料中有机质的含量。

2-2 用一定量的重铬酸钾-硫酸溶液，在加热条件下，使有机-无机复混肥料中的有机碳氧化，剩余的重铬酸钾溶液用硫酸亚铁（或硫酸亚铁铵）标准滴定溶液滴定，同时做空白试验。根据氧化前后氧化剂消耗量，计算出有机碳含量，将有机碳含量乘以经验常数1.724换算为有机质。

2-3 ① 配制重铬酸钾-硫酸溶液时要小心，因为要用到浓硫酸，而且操作时只能将硫酸加入到重铬酸钾溶液中。

② 标定硫酸亚铁溶液时应做5次平行测定，取平行测定的算术平均值作为测定结果，标定时所用的V_1和V_2须作体积和温度校正。

③ 称样量是根据有机碳的量而不是有机质的量来计算的。

④ 测定及空白试验所消耗硫酸亚铁（或硫酸亚铁铵）标准滴定溶液的体积V_3、V_4必须要经过体积校正和温度校正。

⑤ 称样量是根据有机碳的量而不是有机质的量来计算的，一般来说，称取的试样中有机碳含量不应大于20mg。消煮好的溶液颜色，一般应是黄色或黄色中稍带绿色，如果以绿色为主，则说明称样量太大，有氧化不完全的可能。

⑥ 加重铬酸钾-硫酸溶液时需用移液管，由于浓度大，有明显的黏滞性，必须慢慢加入，且控制好各个样品间的流放速度与时间尽量一致以减少操作误差。

⑦ 由于使用的重铬酸钾-硫酸溶液的浓度较高，滴定终点的颜色变化与标准中的描述略有不同，消煮后溶液的颜色呈深橙色，滴定时溶液颜色由深橙色转为墨绿色，最后绿色消失变成深紫红色为滴定终点。

⑧ 空白试验除不加试料外，所用试剂和试验步骤与测定时相同，并与测定同时进行，每次测定都进行空白试验。空白试验也应做平行数据，取其平均值。

2-4 若将反应温度限制在100℃时可以克服尿素干扰，而加热到160℃时，结果中存在10%～20%的尿素。因为尿素也是有机物，同样会作为有机物被重铬酸钾氧化，但它通常被视作无机肥料。另一方面，若采用高于100℃的消煮温度，往往需要在油浴或其他浴中加热氧化，这样样品易被油污染，而且对时间、温度等氧化条件要求严格。试验表明，100℃沸水浴测有机质可避免尿素对测定结果的干扰。

亚铁、亚锰离子的存在会影响结果。若有机-无机复混肥料中有亚铁离子、亚锰离子，由于有机肥料在混配以前一般都经过高温或晾晒消毒处理，而且造粒烘干过程的高温均会使亚铁离子、亚锰离子氧化变成高价离子，从而使其大大降低或消失。另一方面，根据亚铁离子、亚锰离子以及有机碳与重铬酸钾反应原理可知，约19个亚铁离子、亚锰离子消耗的重铬酸钾相当于1个有机碳消耗的重铬酸钾，那么，1.0%的亚铁离子、亚锰离子对有机碳的影响也仅为0.05%左右，较允许差（1.0%）小得多，则可不予考虑。

2-5　① 硝酸银溶液应在棕色瓶中避光保存。

② 硫氰酸铵标准滴定溶液的有效期一般为 3 个月，标定时所用的 V_0、V_1 须经体积校正和温度校正。

③ 所消耗硫氰酸铵标准滴定溶液的体积 V_0、V_2 必须要经过体积校正和温度校正。

④ 用邻苯二甲酸丁酯包裹沉淀可减少氯化银沉淀转化为硫氰酸银沉淀的程度，在滴定过程中，开始可以剧烈摇动溶液，但在近终点时摇动不用太剧烈。

⑤ 若滤液有颜色，是指滤液的颜色呈橙红色或其他深色，干扰滴定的终点的判断，才需要加活性炭进行脱色。同时空白试验也需加活性炭。若颜色较浅，或该颜色不干扰滴定终点的判定，则可不加活性炭，免去过滤、洗涤活性炭的步骤。活性炭要选有吸附和脱色能力的颗粒状活性炭，便于过滤、洗涤。

2-6　① 由于吡啶有恶臭，操作应在通风橱中进行。

② 测定砷的所有玻璃容器，必须用浓硫酸-重铬酸钾洗液洗涤，再以水清洗干净，干燥备用。

③ 试样溶液的制备采用了王水消化法，有些有机-无机复混肥料在消化加热过程中产生大量泡沫，甚至会产生从高型烧杯中溢出的现象，使用高型烧杯就是为了防止泡沫溢出。遇到这种反应过分激烈的情况时，应将烧杯自电热板上移开放冷片刻后再加热，如此反复数次泡沫自然会消失。注意：在消化过程中不能将溶液蒸干，蒸发至近干涸时应停止加热，并将烧杯自电热板上移开。

④ 影响砷测定结果因素有：氯化亚锡用量、酸度、碘化钾用量，As^{5+} 还原为 As^{3+} 所需时间，锌粒用量与其颗粒大小（以 10～20 目，表面粗糙比光滑好）及逸出砷的时间（控制插入吸收液中导管的出口径，一般要求 ≤1mm）。

⑤ 掌握乙酸铅棉花用量，太少吸收硫化氢、二氧化硫不完全，太多堵塞导气管，使之砷化氢（AsH_3）难以被 Ag(DDTC) 吡啶溶液完全吸收。

⑥ 导气管应预先插入 Ag(DDTC) 吡啶溶液中，准备工作就绪，最后轻轻打开锥形瓶盖，加入 5g 锌粒（大颗粒比小颗粒反应稍慢）。迅速连接好仪器，以防 AsH_3 损失，使数据偏低。

2-7　① 溶解乙炔用于火焰分光光度法中，惰性气体可以是氮气或氩气（汞含量是冷原子吸收法，故不用乙炔气，使用惰性气体氮气作为载气），在石磨炉法中使用。

② 仪器的最佳工作条件包括燃烧头高度和位置、燃气和助燃气体的压力和流量比、吸喷量、火焰类型等参数。

③ 每次测定时都应先进行标准溶液的测定。

④ 空白试验应与样品测定同时进行。

⑤ 标准溶液测定时应按浓度从低到高依次进行；若样品中待测元素含量太高，直接测定时超出标准溶液的浓度范围，此时应将样品溶液稀释后再测定，具体操作是：吸取一定量试样溶液置于100mL量瓶中，用盐酸溶液稀释至刻度，混匀后再进行测定。

2-8 因为铬在火焰中易生成难熔的高温氧化物，故必须在试液中加入助熔剂焦硫酸钾$(K_2S_2O_7)$来予以消除，同时焦硫酸钾$(K_2S_2O_7)$也是共存元素干扰的抑制剂，可克服 Fe、Co、Ni、V、Pb、Al、Mg 的干扰。

2-9 汞含量测定时选择最佳工作条件有以下几种选择。

① 载气流量的选择。实验中用氮气将氢化物发生器中的汞蒸气带入到 T 形石英管中进行测定，因此导气流量大小将直接影响测定结果，流量太大时重现性差，流量太小时出峰时间太长，且峰高读数值减少。本方法中选择不同载气流量 80mL/min、120mL/min、150mL/min、200mL/min、400mL/min 对浓度为 $0.5\mu g/L$ 的汞标准溶液进行测定，硼氢化钾浓度选择 1.25g/L，其结果表明当载气流量为 80mL/min 时，仪器的灵敏度低，吸光度读数降低，这是因为出峰缓慢，峰形状低且较平的缘故；当载气流量在 120～200mL/min 时，吸光度读数没有显著性差异；但当流量增加到 400mL/min 时，测定结果显得较为不稳定，重现性差，在以下实验中，载气流速选择在 120mL/min 左右。

② 硼氢化钾浓度的影响。硼氢化钾溶液作为还原剂，其作用是将溶液中的汞离子还原成金属汞，所以其浓度将直接影响汞的还原效果，由于汞易还原，在仪器的使用说明书中介绍硼氢化钾浓度可在 0.001%～0.5% 之间，在条件试验中，对硼氢化钾浓度分别为 0.25g/L、1.25g/L、6.25g/L 进行了比较试验，载气流速选择 120mL/min，结果表明浓度为 0.25g/L 和 1.25g/L 的硼氢化钾对检测结果没有显著性差异，但当浓度为 6.25g/L 时，空白溶液的吸光度竟高达 0.125，说明硼氢化钾浓度高将引起一定的正误差，根据氢化物发生器使用说明书的推荐，故将实验中还原剂硼氢化钾的浓度选择为 1.25g/L。

③ 工作曲线的线性范围。为了使实验能得到较好的测定结果，必须先对工作曲线进行线性范围的测定。实验采用浓度为 $0.5\mu g/L$ 的汞标准溶液配制成浓度为 0～40ng/mL 的标准溶液系列进行测定其结果表明，浓度在 0～20ng/mL 时，工作曲线能得到较好的线性，当浓度为 40ng/mL 时，就偏离了线性，但其读数值是在直线上方，其中原因还待进一步探索。在对样品进行测定时，溶液浓度应控制在 2.5～15ng/mL 之间。

2-10 粪大肠菌群检验程序

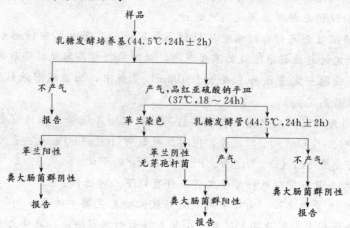

2-11 称取样品于容量 50mL 清洁铜离心管或塑料离心管中。注入 5％氢氧化钠溶液 25～30mL，另加玻璃珠约 10 粒，用适当大小的橡皮塞子紧塞管口，置电动振荡机上，振荡 10～15min，每分钟 200～300 次，静置 15～30min 后，再行振荡，如此重复 3～4 次，使堆肥样品为碱性溶液所浸透，加上玻璃珠的撞击和摩擦，则混合液中的蛔虫卵，不再被黏着在一起。

为了防止原生动物和霉菌的繁殖，影响观察和避免活的蛔虫卵进一步发育，可在样品中滴加一些防腐剂如 3％福尔马林溶液或 3％盐酸溶液，加盖后，放置冰箱中。

3-1 按照提供给作物营养元素的种类划分，化肥产品分为大量元素肥料（提供大氮、磷、钾营养），中量元素肥料（提供钙、镁、硫营养），微量元素肥料（提供铜、铁、锰、锌、硼、钼、氯等营养），复混（合）肥料（综合性的提供大、中、微量元素营养）。具体的各类化肥品种比较多，主要品种列于下表。

表 各类化肥的主要品种

种 类	品 种
氮肥	铵态氮肥——碳酸氢铵、硫酸铵、氯化铵、氨水等
	硝态氮肥——硝酸铵、硝酸钙等
	酰铵态氮肥等——尿素、石灰氮等
磷肥	水溶性磷肥——过磷酸钙、重过磷酸钙等
	枸溶性磷肥——钙镁磷肥、钙镁磷钾肥、磷酸氢钙等
	难溶性磷肥——磷矿粉等

种　类	品　种
钾肥	包括氯化钾、硫酸钾、硫酸钾镁、窑灰钾肥等
复合肥	包括磷酸一铵、磷酸二铵、硝酸钾、硝酸磷肥、磷酸二氢钾、氮磷钾二元、三元复混(合)肥等
中量元素肥	碳酸钙、白云石等,一般也含在磷肥和复混(合)肥中
微量元素肥	铁锰铜锌的硫酸盐、氧化物或螯合物,硼砂,钼酸铵等

3-2　合成尿素的原料是氨和二氧化碳,后者是氨厂的副产品。尿素合成的化学反应分两步:氨与二氧化碳反应生成氨基甲酸铵,甲铵脱水生成尿素,反应式如下(1cal=4.1868J):

$$2NH_3 + CO_2 \Longleftrightarrow NH_2CO_2NH_4 + 38.06kcal$$

$$NH_2CO_2NH_4 \Longleftrightarrow NH_2CONH_2 + H_2O - 6.8kcal$$

两步反应都是可逆反应,第一步是强放热反应,在常压下反应速度很慢,加压后反应很快;第二步是一个温和的吸热反应,它达到接近平衡的反应速度决定于温度和压力。

NH_3 和 CO_2 在合成塔内一次反应只有 $50\% \sim 70\%$ 转化为尿素,从合成塔出来的物料是含有氨和氨基甲酸铵的尿素溶液,经采用不循环法、部分循环法或全循环法等工艺分离出氨和氨基甲酸铵后,尿液经两段蒸发,使其浓度达到99.5%以上,最后采用塔式喷淋造粒法、颗粒成型造粒法或结晶法造粒成为颗粒尿素成品。

3-3　过磷酸钙是用硫酸分解磷矿制得的磷肥,是最早的磷肥品种,也是最早的化肥品种(1842年,英国人拉维斯在英国建立了第一个化肥厂)。其主要有用组分是磷酸二氢钙的水合物 $Ca(H_2PO_4)_2 \cdot H_2O$ 和少量游离的磷酸,副组分是无水硫酸钙通常含有 $12\% \sim 20\%$ 有效 P_2O_5,其中 $80\% \sim 95\%$ 溶于水,属水溶性速效磷肥。

硫酸分解磷矿制造过磷酸钙的化学反应为:

$$2Ca_{10}F_2(PO_4)_6 + 7H_2SO_4 + 3H_2O \longrightarrow 3[Ca(H_2PO_4)_2 \cdot H_2O] + 7CaSO_4 + 2HF$$

实际反应是分两步进行的:第一步是硫酸与部分磷矿反应生成磷酸与硫酸钙,第二步是第一步反应中生成的磷酸与另一部分磷矿反应生成磷酸二氢钙。第一步反应速度很快,几分钟内就结束;第二步反应受扩散控制速度很慢,可持续几天或几周。具体生产工艺有分批间歇操作和连续操作两种,生产过程大体分为下列几个部分:磷矿粉与硫酸在混合反应器内反应 $1 \sim 5min$ 形成料浆;料浆流入化成室进行固化;固化后的物料从化成室移出并切碎后送至熟化仓库,令其继续反应几天或几周;熟化后的物料进一步打碎,通过6目筛孔后就可出厂;如果需要颗粒产品，可将熟化后或未经熟化的物料在转鼓造粒或圆盘造粒机上造粒，造粒时要喷水和通蒸汽，造粒机出来的物料经干燥和筛分即可装袋；从混合反应器溢出的含氟气体引入水洗系统后排空，回收得到的氟硅酸溶液可加工成氟硅酸盐或其他氟化物。

3-4　氯化钾是最主要的钾肥，占世界钾肥总量的 90％ 以上。生产氯化钾的原料是天然钾盐矿，主要有钾石盐、光卤石和含钾卤水，大体生产步骤分为钾岩矿的开采及钾岩矿的富集和精制两步，钾石岩矿是氯化钾和氯化钠的混合物，富集和精制方法有浮选法、重液分离法和溶解结晶法三种，其中浮选法是应用最广泛和最经济的方法；溶解结晶法可以加工含不溶物高的原料，产品质量高，适合作液体复合肥的原料；重液分离法可以直接制得粗粒氯化钾产品。

光卤石（$KCl \cdot MgCl_2 \cdot 6H_2O$）含钾量相对不高，加工能耗高，且副产物氯化镁不易处理，其富集和精制方法分为冷熔法和热熔法两种。

含钾卤水制氯化钾是把卤水在盐田中自然蒸发至约 90％ 的氯化钠结晶出来，然后把卤液移入另一组盐田蒸发结晶光卤石，采用加工光卤石的方法制造氯化钾，以色列、约旦和我国的青海省利用死海卤水生产氯化钾。

3-5　磷酸铵肥料生产有许多工艺流程，但基本相似。一般是用浓度为 38％～42％P_2O_5 的湿法磷酸（多数厂 P_2O_5 浓度为 52％～54％）和约 30％ 的 P_2O_5 两种酸，后者用于洗涤系统中的含氨和粉尘的尾气，然后再与前者混合使用，在预中和器内与氨反应，控制反应物料中的 NH_3：H_3PO_4 分子比约 1：4，这点处于磷酸铵溶解度最大点；反应热使物料升温到沸点（约 115℃），蒸发一部分水；热的磷酸铵料浆含 16％～20％ 水，用泵送入转鼓造粒机；再通入一部分氨，使物料的 NH_3：H_3PO_4 分子比达到接近 2.0；产生的热量又蒸发一部分水；NH_3：H_3PO_4 分子比从 1.4 提高到 2.0 时磷酸铵的溶解度降低而析出结晶；与后系统返回的干粉粒料一起成粒；造粒出来的湿颗粒进入回转干燥机用热炉气干燥；干颗粒物料进行筛分，合格颗粒冷却后包装入库；筛下的粉粒料返回造粒机，粗粒料经破碎后返回筛子，从预中和器、造粒机和干燥机逸出的氨和粉尘，用稀磷酸洗涤回收送回预中和器。

参考文献

[1] 徐静安主编.生产工艺技术.北京：化学工业出版社，2000.

[2] 陈五平主编.无机化工工艺学.化学肥料.北京：化学工业出版社，1989.

[3] 蒋子刚，顾雪梅编著.分析测试中的数理统计和质量保证.上海：华东化工学院出版社，1991.

[4] GB 535—1995.

[5] GB 536—1988.

[6] GB 3559—2001.

[7] HG 2740—1995.

[8] HG 2557—1994.

[9] GB 15063—2001.

[10] HG/T 2219—1991.

[11] GB 2440—2001.

[12] GB 18877—2002.

[13] HG/T 2843—1997.

[14] HG/T 3733—2004.

[15] GB/T 10510—1998.

[16] GB/T 17420—1998.

[17] GB/T 14540—2003.

[18] GB/T 19203—2003.

[19] GB/T 6679.

[20] GB/T 6680.

参考文献